dtv

›Nicht nur zur Osterzeit‹ kann dieses Buch gelesen werden, denn das Fest der Feste wird mitten im Frühling gefeiert. In dieser schönen Jahreszeit des Aufbruchs, vom Winterende bis in den Wonnemonat Mai hinein, gibt es viele Feste, viele Bräuche und natürlich viele Geschichten. Ob in heimatlichen Gefilden oder in der Ferne, ob in alten Sagen und Schwänken oder in den Erlebnissen und Bildern der Dichter und Künstler: überall begegnen uns Frühlingsgefühle. Im Zentrum dieses literarischen Spaziergangs stehen die österlichen Feiertage und ihre Vorbereitungszeit vom Palmsonntag über die Karwoche zur Osternacht – und auch der Osterhase mit seinen bunten Eiern fehlt natürlich nicht.

Gudrun Bull, in München lebende Germanistin, hat für dtv bereits mehrere erfolgreiche Anthologien herausgegeben.

Nicht nur zur Osterzeit

Ein Frühlings-Lesebuch

Mit 39 Illustrationen

Herausgegeben von
Gudrun Bull

Deutscher Taschenbuch Verlag

Von Gudrun Bull
sind im Deutschen Taschenbuch Verlag erschienen:
Weihnachten rund um die Welt (12701)
Geschichten aus 1001 Nacht (20754)
Sagenhafte Weihnacht (20846)
So schöne Blumen blühn für Dich (20870)

Originalausgabe
März 1999
2. Auflage April 2006
Deutscher Taschenbuch Verlag GmbH & Co. KG,
München
www.dtv.de

Umschlagkonzept: Balk & Brumshagen
Umschlagbild: ›Spring‹ (ca. 1880) von Henry George Todd
(Bridgeman Giraudon)
Gesetzt aus der Bembo-Antiqua (Textline 2.05)
Satz: OREOS GmbH, Waakirchen
Druck und Bindung: Druckerei C.H. Beck, Nördlingen
Gedruckt auf säurefreiem, chlorfrei gebleichtem Papier
Printed in Germany
ISBN-13: 978-3-423-20885-7
ISBN-10: 3-423-20885-6

Inhaltsverzeichnis

Jean Paul

Wenn nun der Frühling seine Boten

Wenn nun der Frühling seine Boten sendet, die Lerchen und die Quellen und die Blumen, und wenn die warmen Wolken fliegen und die Knospen brechen, und Nachts die Nachtigallen unter den Sternen ziehen, und die Nächte gehen und die Tage kommen, und zarte Herzen wonnig weinen und sich sehnen, und die Nachtigallen in die Tränen schlagen, und die Freuden weinen und die Schmerzen lächeln, und weiße Blüten durch den blauen Himmel weben und auf Blumen niederflattern, und blau und warm der Himmel ist und grün und warm die Erde, und das Leben glänzt wie eine Sonne und das Sterben schimmert wie ein Mond: so glaubt der Mensch, nun komme der Lenz. Aber schon vorübergeflattert ist er, und der fliegende Gott ist den süßbetränten Augen entschwunden, noch ehe sie sich abgetrocknet; und die Menschen sehen umher und hoffen wieder auf den Frühling.

Ludwig Uhland

Frühlingsglaube

Die linden Lüfte sind erwacht,
sie säuseln und weben Tag und Nacht,
sie schaffen an allen Enden.
O frischer Duft, o neuer Klang!
Nun, armes Herze, sei nicht bang!
Nun muß sich alles, alles wenden.

Die Welt wird schöner mit jedem Tag,
man weiß nicht, was noch werden mag,
das Blühen will nicht enden.
Es blüht das fernste, tiefste Tal:
nun, armes Herz, vergiß der Qual!
Nun muß sich alles, alles wenden!

Ernst Barlach

Die Erde duftet nach Sonnenträumen

Der Bach schäumt, wie schäumt er! Und die Häuser, die kahlen Baumgruppen mit ihren Wolken von kleinen, nackten Zweigen, die Felder, die Wiesen sind schwer und feucht und saftig; man hat das Gefühl, wo dies dunkelfarbige Gewimmel von toten und lebenden Gegenständen aufhört, da fängt der große, weite Himmel gleich an. Keine Verbindung, kein Verwaschen, kein Übergang von diesen dunkelbraunen, voll schwerer Feuchtigkeit gesogenen Dächern, Landstraßen, Wiesen mit dem Himmel, keine aufsprühenden Taubenschwärme, die den Himmel mit einer fliegenden Wolke bepunkten, kein Staub, kein Aufflimmern erhitzter Luft, kein Blätterrauschen ... Ja, auch der aus dem Schornstein fahrende Rauch, der aussieht, als triebe ihn gewaltiges, ideales Verlangen gleich der Seele eines Philosophen, im All aufzugehen, selbst der Rauch wird von der feuchten Luft abgestoßen und fällt auf die Wiesen.

Gleich links im Dorfe bricht eine lehmige Fußbahn zwischen zwei Häusern durch, Bauernhäusern, von mehrerlei Gefüge, die Wetterseite hat eine sturmfeste Steinkante gekriegt, dagegen ist dann aber das Daraufliegende desto jämmerlicher; das Einzige, was man an dem viereckigen Grasgarten sehen kann, ist sein Zaun, denn drin ist nichts, rein nichts. Das ist so bei den Häusern, wo der Pfad links von der Dorfgasse abzweigt. In den anderen Gärten stehen Obstbäume, merkwürdig verkrüppelt. Oft hat der Stamm nie die Kraft gehabt, sich aufzurichten, oder ist es das Alter, das ihn gebeugt? Genug, er liegt glatt auf dem Rasen, und nur die Krone erhebt ihre Zweige ins Luftige.

Hinter den Häusern gehts aufwärts, Gänse stehen auf dem feuchten Anger mit watschelnden O-Beinen. Sie haben starke Hälse, die Schnäbel packen irgend was am Boden, und nun geht ein Recken und Zerren durch Hals und Leib bis zum Schwanze. Und nun schmiegt sich der Pfad gemütlich unter das weiche Unterholz von Erlen, er versteckt sich wie fröstelnd unter dies Gewirre von kleinen Zweigen, die ganze Gruppe ist von feuchtwarmer Luft umhüllt. Es ist so still, aber nicht totstill; man fühlt,

in der Wärme und anschmiegenden Feuchtigkeit weben lebendige Kräfte, wie eine lebenziehende Salbe liegt die Luft auf allen Zweigen; milde beizt sie auch die Rinde, und ihr geheimnisvoller Schauer dringt tief hinein in die nervösen Blütenknöpfe. Die Erde duftet nach Sonnenträumen von tausend Pflänzchen, die leben und blühen wollen, aber ihre Keime liegen noch tief unten, im Schlafe und Traum, nach oben horchend und mit den gelben Spitzen nach Tageslicht blinzelnd.

Bettine von Arnim
Clemens Brentano

Märzbriefe

An Clemens.
Clemente! Zu Ostern willst Du kommen? heute haben wir den 22. März! – Nein es sind beinah noch vier Wochen. Aber es wird dann schon sehr schön im Garten sein. Ich habe unsere Rasenbank erhöht, das muß früh geschehen, das kurze Gras muß recht dicht wachsen. Unsere Katze hat Junge, sie sind so allerliebst. Clemens, der Frühling ist nicht mehr zu leugnen, die Reben weinen. Es ist ja auch in wenig Zeit schon Mai, aber doch in vier Wochen erst, denn dann ist gewiß das schönste Wetter.

Ich soll von meinem Tagwerk Dir schreiben und was wir Geschwister zusammen treiben. Heut war ich den ganzen Tag im Garten. Ich hab ja am Tag, wo Du fort bist, am Abend noch ein Beet umgegraben und hab Salat hineingesäet, er ist schon heraus und ich mußte eine Strohdecke darauf legen gegen unzeitigen Frost. Ich will mir doch nichts mehr von den Menschen weis machen lassen! Und statt am Abend mir Vorwürfe zu machen, daß ich alles besser wissen will, bin ich am frühesten Morgen schon auf, wo die ganze Welt noch schläft, und beobachte sie. Erst kommen die Tauben, sie baden sich und trinken am Brunnen zwischen den Steinen das Wasser, ich hab sie gelockt auf der Haustreppe mit gestohlenem Futter! Morgenstund hat Gold im Mund, darum soll ich früh aufstehen, meinst Du. – Es war noch ganz nebelig und verschlafen, doch bald fiel das Gold der Morgenstunde schräg in die Straße. In den Hausgiebeln gingen die Fenster auf, da wohnen die jungen Mädchen, die wollen auch Morgenluft schlucken. Ich ging um die

Ecke am Kanal längs den Gärten, da sind so viel Veilchen, man steckt sie in den Busen, sie duften Dir ein Weilchen, es ist ihre Sprache. Als ich vom frühen Spaziergang heim ging, sah ich den Bäckerjungen laufen, er schellte am Haus, wo die Emigranten wohnen, der Duc de Choiseul guckte aus dem Fenster und kaufte Milchbrot. Ich wollte ihn nicht beschämen und kehrte wieder um, als ich zum zweitenmal zurück kam, trat die Milchfrau ans Fenster, die ihm Milch abmaß. Da kamen noch viele Milchtöpfchen zu allen Fenstern heraus; einer der sich von Spitzbuben umringt sieht, kann sich nicht ängstlicher

durchschleichen als ich zwischen dem Milchhandel dieser vornehmen Emigranten. Ehemals waren sie von einer großen Valetaille umringt, die sich wieder bedienen ließ von allerlei Gesindel und nun sind sie eingerichtet in eigner Person, wie kompendiöse englische Reisenecessaire, wo man alles beisammen hat, selbst das Überflüssige. Ists möglich, daß man ein Heer von Müßiggängern beschäftige mit Angelegenheiten, die nur der Müßiggang notwendig macht. Sie malen, sie schleifen in Glas, sie sticken Blumen auf Bandschleifen, sie drechseln, sie überschwemmen das Land mit närrischen Künsten und die Großmama wundert sich, daß unter allen keine Gelehrten sich finden.

Deine Bettine.

Liebe Bettine.

... Bedenke liebstes Kind, daß Denken die Heimat der Seele ist, und suche nicht nach fremden Regionen, wo dein Schutzengel Dich nicht zu finden ausging. Ein sich Daheimfühlen im innersten Dasein ist die Region, in der wir in schuldlosem Bewußtsein am Duell der Weisheit und des Vertrauens schöpfen, das heißt: Denken.

Es ist Nacht geworden während dem Schreiben, da ging ich noch weit ins Feld, da liegen noch einzelne Schneedecken über der Saat, das Hessenland ist ein rauhes Land. Bei Dir ist alles wohl schon viel frühlingsmäßiger, ich freu mich doch auf Dich recht herzlich, und hab auch keine Angst, daß Du nicht dieselbe sein könntest, die Du immer warst. Es ist ein so heller Morgen heute, da sitz ich am Schreibtisch, und der Hahn kräht schon zum drittenmal, das flößt mir ein recht Vertrauen ein in die Zukunft. Ich werde noch recht oft nach Offenbach kommen und alles tun, um die Zeit recht innig mit Dir zu verbringen. Es wird doch wohl noch eine Zeit kommen, wo ich selten von Dir entfernt bin, und wo wir Alles zusammen denken. Denken heißt das, es ist die einzige Vermittlung mit dem Göttlichen. Es stellt sich gleich eine Säulenreihe um Dich auf, und ein Tempel wölbt sich über Dir, und Dein Gedanke durchluftet ihn. Das ist Denkseligkeit – Gedankenlosigkeit ist Unseligkeit. Aber Du wirst gewiß noch recht glücklich werden und ich auch, aber das wird nur dann sein, wenn wir dem Bedürfnis genügen unserer Seele, das können wir allein durch Bildung. Wenn ich was weiß und so in mir gerüstet bin, daß ich auch von jenem Punkte aus, ich mag sein wo ich will und vom Schicksal eine Aufgabe habe, sie zu lösen verstehe und darin mir selber genüge und der Kunst. Das ist Bildung! – Der Mensch ist auf Erden sich zu bilden und dann wieder die Welt.

Jetzt kommt der Frühling, da sitze ich Abends oft am Fenster, ich wohne in einem Garten, klimpere ein wenig auf der Guitarre und singe wohl das Lied »vien qua Bettina bella« etc., in den Garten kommen oft Kinder mit denen ich spiele, die zwar ein bißchen dumm sind, aber doch gesund und treu. – Ehe ich weg gehe werde ich den Kindern ein Fest geben, auch eine Schwägerin von Rossi hat drei artige kleine Mädchen, die gegen die schwarzen Rossibuben wie Engelchen gegen Teufelchen aussehen, so schwarz sind diese kleinen Italiener, besonders ist das älteste Mädchen, etwas jünger als Loulou, sehr sanft und hold; sie hat den seltsamen Namen Anonciata, Verkündigung. Namen sind oft recht einladend, der Deinige zum Beispiel. Diese Kinder nun, die in einem traurigen, schmutzigen Hause wohnen und mit ebensolchen Menschen, haben doch ein kleines Fleckchen rein und schön zu machen gewußt. In dem kleinen Hof steht ein Baum, um den herum haben sie sich ein äußerst niedliches Gärtchen gebaut, so groß wie ein großer Tisch, in diesem Garten nun stehen Butterblumen, Veilchen, Buchs und dergleichen, gleich daneben haben sie sich Tisch und Bank errichtet und sitzen beisammen, wenn die Sonne scheint unter einer Art Laube, die sie durch in die Mauer gesteckte Tannenzweige zusammengeflochten haben. Ich habe gestern lang mit ihnen gesessen, ihnen erzählt und während sie allerlei bunte Perlen und Schmelz in Schnüre fädelten, womit sie ein kleines Handelspiel treiben, ihnen Klostereier bemalt. – Das ist so mein Zeitvertreib, und sie wird mir jetzt lange bis ich bei Dir bin. Nimm dies als kleine Gegenerzählung für Deinen Bericht von dem Veilchen, der ist aber schöner und ich finde es ganz natürlich, daß Du gern mit dem Veilchen das Kleid fertig sticken willst, aber ich meine doch es wird besser sein, wenn Du nicht am Morgen so früh Dich vom Haus entfernst. Hast Du nicht zufällig den Herrn Hofmeister begegnet, der Dir den Verdruß machte bei der Tante, böse über Dich zu reden? – Nun könnten doch noch andere Leute Dir begegnen, die auch darüber reden könnten.

Dein Clemens.

Auf Frühlingssuche

Von den Bewohnern der Gegend werden die Mistelgauer scherzweise Hummeln geheißen, was in nachstehender Sage seinen Grund haben soll:

Einst regnete es in Mistelgau so lange, daß die Mistelgauer das Ausbleiben des Frühlings befürchteten. Um den Frühling zu holen, schickten sie einige der ihren nach Nürnberg, wo man ihnen einen Hummel in einem hölzernen Häuschen gab. Unterwegs plagte sie die Neugierde, wie wohl der Frühling aussehen möge? Sie öffneten das Türchen des Häuschens, und als der Hummel herausflog, liefen sie ihm nach, winkten mit ihren breiten Hüten und riefen, nach ihrer Heimat hinzeigend: »Nach Mistelgau, nach Mistelgau!«

Hermann Löns

Die Tage der tausend Wunder

Schon lange singt die Amsel im Garten, schon lange der Fink im Walde. Das Schneeglöckchen fiel müde um, tot liegt der junge Krokus im jungen Grase. Was die Amsel sang und der Fink schlug, was das Schneeglöckchen und der Krokus blühten, was Hasel, Erle und Espe stäubten, was die Märzmotte tanzte und der Frosch murrte, Vorfrühling war es, aber der Frühling nicht.

Erst als das Lied der Singdrossel vom Eichenwipfel klang und über die ersten Grasspitzen im Walde der gelbe Falter taumelte, da zog der Frühling in das Land hinein, hüllte die Kornelkirsche in mattes Gold, hob jedes Zweiges braune Armseligkeit durch schimmernde Knospen und vollbrachte tagtäglich tausend schöne Wunder.

Das ist schon lange her. Nicht mehr grüßen wir jedes grüne Blättchen mit frohen Augen, liebkosen nicht mehr jedes schwellende Knöspchen mit freundlichem Lächeln; es sind der Blätter zu viele und übergenug der Knospen, und da es überall singt und klingt, tanzt unser Herz nicht bei jedem Vogelliede, wie an jenem Tage, da die erste Märzdrossel sang, der erste gelbe Falter flog, des ersten Märzblümchens Blauaugen aus fahlem Laube sahen. Wir wurden der kleinen Wunder gewöhnt und sehnten das große Wunder herbei, das Wunder der Allbegrünung des Waldes, und wir zürnten dem Ostwind, der dem Frühling die Hände band.

Er hat es gut gemeint, hat pfleglich gehandelt, daß er dem Westwind wehrte und dem Regen und der Sonne die Kraft nahm. Des Menschen Herz wird allzuschnell satt, danklos wendet es sich am Ziele ab, achtet das lange ersehnte Geschenk gering und dürstet nach der Wonne der Vorfreude. Eilig ist die Jugend, kurz ist der Frühling; was heute noch weich und frisch ist, ist morgen hart und staubig. Der Ostwind wußte, was er tat, als er den Vorfrühling festhielt und den Frühling warten ließ.

Herrlich ist der Frühling, und prächtig ist der Mai, aber so süß wie der Vorfrühling, so köstlich ist er nicht. Wonnig ist die goldene Maienwiese, aber so labt sie uns nicht, wie die erste Blüte des braunen Waldbodens, wie das erste Blättchen am kahlen Zweig, und tönt im Mai auch der ganze Wald, singt jeder Ast und klingt jeder Zweig, blüht jedes Fleckchen und glüht jedes Eckchen, das große Zauberwerk erhebt uns nicht so sehr wie die winzigen Wunder, aus denen es entstand.

Jedes von ihnen genossen wir einzeln, kosteten es für sich aus. Wir sahen das Windröschen mit demütig gebogenem Halse sich durch das Fallaub stehlen, wartend und frierend, bis die Sonne ihm Mut zusprach und ihm das blasse Gesichtchen rötete, sahen den gelben Falter fliegen, den ersten, und unser Herz machte einen Sprung, und bei jedem, den wir sahen, sprang es hoch in die Höhe. Der Graudrossel Lied entdeckten wir und trugen es heim als einen großen Schatz. Jeder Tag brachte neue Wunder, liebe Gaben. Im kalten Gewirre des Stangenholzes brannte eine grüne Flamme; die Traubenkirsche schoß in das Laub und machte sich zum Mittelpunkte des ganzen Waldes. Wilde Eifersucht durchfuhr den Weißdorn. Unnahbar stand er da in grauer Frostigkeit; nun aber platzten vor Grimm seine Knospen, neidisch grüne Blättchen quollen aus ihnen hervor und reckten und streckten sich um die Wette mit dem prahlenden Grün des Traubenkirschenbusches.

Das Winterlaub der Buchenjugenden, das Altlaub der Brombeerranken, die mit hartem Kupferglanz und schwerem Bronzeton weit und breit herrschten, merkten, daß ihre Tage gezählt sind, blaßten ab, schrumpften ein, verdrängt von quellenden Knospen; ihre Zeit ist um, ihr Herbst ist da, ihre Todesstunde ist gekommen. In das Vorjahrslaub fällt Blatt um Blatt, und die Windröschen spreizen hastig ihre Blätter darüber. Und nun, aus Angst, von der Rotbuche überfügelt zu werden, drängt die Weißbuche sich vor, betont jeden ihrer Zweige mit blitzendem Geschmeide, regt sich, rührt sich und hüllt sich in silbergrünes Gefunkel.

Unwillig sieht es der Ebereschenbaum. Er schickt Befehle nach den entferntesten Wurzeln, treibt sie an, hetzt sie auf, und eifrig saugen sie aus Mulm und Moos Saft und Kraft und geben die Säfte dem Stamme und die Kräfte den Zweigen, und ehe es sich die Hagebuche versieht, spreizt sich unter ihr, von oben bis unten in blankes Silber gekleidet, die Eberesche, funkelnd und gleißend im Sonnenlichte, stolz im Bewußtsein, der allerschönste Baum zu sein im ganzen Walde. Der Ahorn aber öffnet seine Truhen, nimmt das goldene Seidengewand hervor und stellt sich keck neben die Eberesche, und die tauscht ihre kalte Silberpracht mit warmem Grün, und unterdessen die beiden sich noch zanken, wer am schönsten sei, hat die Hainbuche noch mehr Smaragden umgehängt und drängt stolz Ahorn und Eberesche zurück.

Nebenan ist derselbe Kampf im Gange. Die dunkle Kiefer, die düstere Fichte, die immer noch schliefen, erwachen langsam und beginnen, sich faul und schläfrig zu putzen. Keiner weiß, wie sie es machen, aber tagtäglich hellt sich ihr Nadelwerk auf, färbt sich ihr Geäst, tauchen mehr strahlende Kostbarkeiten in ihren dunklen Kleidern auf, bis darin Topase leuchten, Smaragde schimmern, Rubinen glühen. Aber ehe sie soweit sind, dreht sich die Bickbeere zu ihren Füßen dreimal vor dem Spiegel hin und her und ist über und über behängt mit dem köstlichsten Perlengeschmeide, und sie lacht die ernsten und bedächtigen Leute übermütig aus, vorzüglich den Faulbaumbusch, der immer noch dürr und leer dasteht, als hätte er noch wer weiß wie viel Zeit. Nachher muß er sich sputen und wird doch nicht fertig, und noch im Herbst trägt er bei den reifen Beeren noch grüne Früchte und junge Blüten, steht, wenn alles rot und bunt ist, im grünen Sommerkleide herum, und zieht dann Hals über Kopf das gelbe Herbstgewand an, das er drei Tage tragen darf, denn länger erlaubt es der Winter ihm nicht.

Da ist das Geißblatt vorsichtiger. Jeden Sonnenstrahl im Winter nutzte es aus und prangte schon im Januar mit großen grünen Blättern. Aber wie es so ist, launenhaft und krausen Sinnes, muß es sich im Frühjahr abermals über seine Brüder erheben, und wenn die anderen Bäume und Sträucher grüne Blätter treiben, färbt es die seinigen schnell zu vorlautem Kupferrot, und wenn alle anderen Büsche Früchte ansetzen, hängt es einen Wirbel wachsweißer Blüten in sein grau gewordenes Laub. Aber wenn der erste Reif das Gras zerbricht, dann prahlt mit frechem Granatschmucke der zeitlose Busch.

Während nun alle diese Bäume und Büsche sich um die Wette bemühten, ihre Frühlingskleider anzulegen, und täglich neue Künste trieben, standen die Rotbuchen da, als ginge sie das alles nichts an. Sie trugen gelassen ihr strenges, graues, schwarz und grün gestreiftes Winterkleid und nahmen sich kaum die Muße, ihre Knospen für das Fest vorzubereiten. Bis dann der Tag kam, an dem der West mit dem Ost sich balgte, bis es ihm gelang, in den Wald einzudringen und eine Handvoll Regen hineinzusprühen. Da spannten sich die harten, spitzen, trockenen Knospen, sie wurden weicher, runder und saftiger. Aber eine Woche warteten sie noch, bis der Westwind wieder eine erquickende Spende über sie goß, und nun konnte dort und da ein Zweig den Mut nicht halten, die goldenen Hüllen zerstoben, und unten um die kalten Silberstämme tanzten smaragdene Falter, erst einige wenige, hier ein Trüppchen, dort ein Flug, bis ein langer Nachtregen kam, Scharen der grünen Schmetterlinge aus den Knospen lockte und das Astwerk mit einem grünen Geflimmer erfüllte, das sich von Tag zu Tag vermehrt, bis alle anderen Farben am Himmel und am Boden davor verschwanden.

Heute schon ist viel verschwunden, was gestern noch da war. Jüngst standen die Stämme der Buchen noch so scharf abgerissen im roten Laube; jetzt verschmelzen sie gänzlich mit dem grünweißen Estrich. Ihr blankes Silber verlor seinen eisigen Blick, ihr giftiges Grün sein freches Starren, ihr unheimliches Schwarz sein böses Gesicht. Die Stechpalmenhorste zu ihren Füßen, die so frühlingsgrün aus dem Schnee leuchteten und so lustig aus dem roten Laube blitzten, sie bedeuten gar nichts mehr gegen das viele junge weiche Grün ringsumher, und wo sie noch sichtbar werden, wirken sie hart und lieblos.

Der Frühling hat einen leichten Sinn und kurz ist sein Gedächtnis. Eben noch bot das rote Laub am Boden seinem ersten Grün einen herrlichen Hintergrund, heute schon schiebt er es beiseite, schämt er sich des Erbgutes des Winters und bedeckt es hastig mit tausenderlei Grün und hunderterlei Farbe, damit niemand merke, daß er alle seine Schönheit und Frische und Jugend dem toten Laube und welken Blättern zu danken habe, und alle Freude verläßt sein Antlitz, erinnert ihn der Ostwind mit rauhem Worte an seine Herkunft, mit roher Hand aus Grün und Blüten die vergilbten, vergessenen Erinnerungen zerrend. Dann schauert der Frühling zusammen und sieht zitternd in die fahle, trockene Zukunft.

Einen Augenblick später vergißt er die Angst vor ihr und schafft emsig weiter, Wunder neben Wunder stellend, mit liebreichen, weichen Händen. Die harte, zackige Kante der Brombeere schmückt er mit weichen, runden Flöckchen, er lockt aus dem steifen Holunderbusch mildes Blattwerk, webt um düstere Moospolster einen lichten Schein, macht dem schüchternen Waldklee Mut, daß er sich im kalten Schatten der Fichten hervorwagt, rollt mit spielenden Fingern die ängstlichen Farnwedel auf, verhüllt die sparrigen Lärchenbäume mit zartgrünen Schleiern, erweckt des Pfaffenhütchens Selbstbewußtsein, der Weide Ehrgeiz, der Erle Willenskraft und wagt sich schließlich sogar an die Eiche heran, die abweisend und unnahbar alle seine Liebe immer wieder von sich stößt.

Bis auch für sie die Stunde schlägt, für sie der Tag kommt, der alle ihre Knospen sprengt, der Tag der tausend Wunder.

Max Dauthendey

Zaungäste

Wir standen heute still am Zaun von einem fremden
 Garten,
Sah'n hin und sah'n das Wintergras am Teich auf Sonne
 warten.
Im Wasser lag verjährtes Laub gleichwie auf Glas,
Am Ufer saß ein Büschel Veilchen jung erblüht im
 gelben Gras,
Und frisches Lilienkraut wuchs grün bei Tuffstein-
 blöcken,
Am Himmel oben gingen Wolken jugendlich in weißen
 Röcken.
Wie wenig Welt tut schon den Augen gut!
Nur ein paar Atemzüge lang hat's Herz dort ausgeruht,
Nur ein paar Augenblicke tat es säumen...
Wir sind doch alle in den weiten Lebensräumen
Zaungäste nur bei Wünschen und bei Träumen.

Rainer Maria Rilke

»Endlich Frühling«

An Clara Rilke

Capri, Villa Discopoli, am 25. Febr. 1906

... Du wünschst mir – »endlich Frühling«, und Dein Wunsch hat sich gleich und sehr gut erfüllt: schon vor einer Woche konnt ich Dir berichten, was für Wege ich mache und mit welcher Freude ich sie finde. Diese entlegenen Wege, da oben in Anacapri, diese Ausblicke auf das uralte, griechische Meer, dieses Alleinsein bei der

kleinen, verschlossenen Kirche und in den hohen Berghalden, die an einer Stelle etwas wie ein Amphitheater einschließen, an dessen offener Seite der Vesuv hereinsieht, um den, ein wenig zurückhaltend, zu beiden Seiten die Schneeberge dastehen –: alles das hab ich oft wieder aufgesucht in der vergangenen Woche, deren erste Hälfte dein Wunsch ganz erfüllte. So sehr war auf einmal der Frühling da, und so sehr glich dieses In-ihn-Hineingehen irgend etwas Wichtigem, daß mein Gewissen leicht blieb, obwohl ich sehr viele Stunden dafür verbrauchte, alle Vormittage nahezu. – Dieses In-der-Sonne-Sein und Frühlingshimmel-Einatmen und dieses Hören auf die kleinen Vogelstimmen, die so gut verteilt sind, daß man zu fühlen glaubt, wie an jeder Stelle in der Luft, die tragen kann, eine ist, und die Bestärkung des Mithingehörens, die einem aus alledem zuwächst: das kann, denk ich, zu keinem Verlust und keinem Versäumnis führen. Und so viel Grund ich auch hätte, mich zum Schreibpult zu zwingen, so geh ich doch immer wieder mit, wenn der Morgen plötzlich irgendwo draußen ruft, so daß man meint, dort irgendwo müßte noch ein anderer sein, ein ganz großer Morgen, der Morgen der Möwen und der Inselvögel, der Morgen der Abhänge und der unerreichbaren Blumen, jener immer gleiche ewige Morgen, der noch nicht mit Menschen rechnen muß, die ihn, aus ihrer Vorfrühstücksstimmung heraus, zweideutig und mißtrauisch und kritisierend anblinzeln. Und man muß nur eine halbe Stunde gehen, mit jenen raschen, leichten, frühen Schritten, die einen so unbegreiflich weit bringen, um ihn wirklich um sich zu haben, den Meermorgen, der sicher ist, daß alles in ihm mit ihm ist und nichts gegen ihn; daß in seinem Aufgehen tausendmal und tausendmal seine eigene Gebärde sich wiederholt, bis sie in den kleinen Blumen sich verlangsamt und gleichsam zusammenfaßt. – Dabei fühl ich ja auch wohl, was Du neulich schriebst: daß solche Frühlingsmorgen zu einem fremden Frühling gehören, daß meiner ... unendlich viel vorsichtiger und zögernder und weniger deutlich wäre. Erinnerst Du nicht, wie stark ich schließlich in Rom jenen Frühling entbehrte, der mit unseren Herzen Schritt hält? Wie bestürzt auch ich war über die leichtsinnige Gleichzeitigkeit alles dieses Blühens, über seinen Aufwand, seine durch nichts korrigierte und so mühelos durchgesetzte Ungeduld? Wie verachteten wir diese schnell befriedigte Nachtigall, in deren schlecht gearbeitetem Gesang die Sehnsucht gar nicht zu erkennen war, die wir so gut kannten. Ja, ich begriff damals, und ich weiß auch jetzt sehr gut, was Du meinst, und daß Du recht hast. Es ist möglich, daß unsere Natur sich wirklich oft rächt für das Ungemäße, Ausländische, das wir ihr zumuten, und daß zwischen uns und unserer Umgebung Risse entstehen, die nicht ganz an der Oberfläche bleiben. Aber warum haben unsere Voreltern von allen diesen fremden Dingen gelesen: indem sie sie in sich anwachsen ließen zu Träumen, zu Wünschen, zu vagen phantastischen Bildern, indem sie duldeten, daß ihr Herz seine Gangart wechselte, von irgendeiner Abenteuerlichkeit angespornt, indem sie, grenzenlose und mißverstandene Ferne in sich, am Fenster standen, mit einem Blick, der dem Hof und dem Garten da draußen fast verächtlich den Rücken kehrte, haben sie so recht eigentlich das heraufbeschworen, was wir nun zu tun und gleichsam gutzumachen haben. Sie verloren mit der Umgebung, die sie nicht mehr sahen, die ganze Wirklichkeit aus dem Auge, die Nähe erschien ihnen langweilig und alltäglich, und das, was Ferne war, hing von ihrer Laune und Einbildung ab. Und Nähe und Weite kamen darüber in Vergessenheit. Darum ist es uns zugefallen, zwischen beiden gar nicht zu unterscheiden, beides auf uns zu nehmen und wiederherzustellen, als die eine Wirklichkeit, die in Wahrheit nirgends eingeteilt oder abgeschlossen ist und nicht gewöhnlich um uns herum und romantisch ein wenig weiterhin, und nicht hier langweilig und dort drüben voller Abwechslung. Sie unterschieden damals so krampfhaft zwischen dem Fremden und dem Gewohnten; sie merkten nicht, wie sehr beides ist im dichtesten Durchdringen. Sie sahen nur, daß das Nahe ihnen nicht gehörte, und darum dachten sie, das eigentlich Besitzbare und Wertvolle, das wäre in der Fremde, und sehnten sich danach. Und sie hielten ihre uneingeschränkte und erfinderische Sehnsucht für einen Beweis seiner Schönheit und Größe. Denn sie meinten überhaupt noch, daß wir etwas in uns hereinholen könnten, einziehen, verschlucken, während wir doch von Anfang an so angefüllt sind, daß nicht das kleinste Ding hinzukommen könnte. Aber wirken können sie alle. Und alle wirken sie aus der Ferne, die nahen wie die entlegenen Dinge, keines rührt uns an, alle verkehren mit uns über die Trennungen hin, und so wenig die äußersten Sterne in uns eingehen können, so wenig kann es der Ring an meiner Hand: nur wie mit Strahlen kann uns alles erreichen, und wie der Magnet in irgendeinem empfindlichen Ding die Kräfte aufruft und ordnet, so können sie in uns eine neue Ordnung machen, indem sie auf uns einwirken. Und vor dieser Einsicht: verschwindet da nicht Nähe und Ferne? Und ist es nicht unsere Einsicht? Dies zur vorläufigen Antwort auf Deinen schönen Brief ...

Johann Peter Uz

Auf dem Lande

Der Frühling ist nirgend reizender, als hier. Armer Freund! Sie reden auch vom Frühling? Sie, die im Rauche einer engen Stadt eingeschlossen leben, und die Stimme der Nachtigall nur bei den Poeten hören? In Städten, glauben Sie mir, ist nur ein halber Frühling: der Hauch der Weste ist daselbst nur halb so lieblich, und die Blumen lachen mit einem nur gemeinen Reize. Dort kennet man die Schönheiten der Natur bloß dem Namen nach. Nur auf dem Lande kennet, fühlet und genießt man sie: und ich kann, ohne zu lügen, sagen, daß ich auf dem Lande bin, ob ich gleich in einer Stadt mich aufhalte, die nicht wenig Lärmen verursachet.

Ich kann wie auf dem Land und als ein Schäfer leben:

Als Schäfer? ich betrüge mich!
Wer wird mir Schäferinnen geben?
Und ohne Schäferin sind Schäfer lächerlich.
Zwar Mädchen sind hier, wie Göttinnen,
So artig, als die Schäferinnen;
Doch nicht so fromm, wie sie und ich.
Sie sind, wie überall, die Quelle süßer Schmerzen,
Voll Unschuld auf der Stirn, voll Schelmerei im Herzen.
So schlimm dies Völckchen ist, wer, leider! liebt es nicht?
Ein schöner Blick war stets dem Weisen überlegen:
Ein Blick entrunzelt sein Gesicht:
Der Fromme sündigt ihretwegen,
Schielt übern Cubach weg und spricht:
Ach! wär kein Mädchen auf der Erden,
Wir würden alle selig werden!

Dergleichen Gedanken schleichen, wenn ich mich der hohen poetischen Sprache, ich, der ich unpoetisch bin, bedienen darf, selbst in meinem geheimsten Herzen zuweilen herum, bei meinen einsamen Spaziergängen, wo alles um mich herum lachet. Was für entzückende Spaziergänge! Hier verlohnet sichs doch der Mühe, daß ich meine verwöhnten Füße ermüde. Sie sollten nur sehen, wie ich laufe, ich, den Sie oft faul gescholten haben, weil ich Ihnen auf Ihren Tagreisen durch meist unangenehme Örter zu folgen, keine Lust hatte! Hier bieten die angenehmsten Szenen der Natur sich mir selbst und ungesucht an.

Kaum eil ich fliegend aus den Toren;
So kann ich mich im Grünen sehn;
So fühl ich freier Lüfte wehn:
Die Lerche singt; ich sehe Floren
Durch hundert Gärten landhaft gehn.
Nicht mit beseeltem Marmor strahlen,
Nicht mit Orangenwäldern prahlen
Die Gärten hier zur schönen Zeit.
Nebst einem kleinen Sommerhause,
Zu einem abendlichen Schmause
Gewähren sie der Fröhlichkeit
Viel Gras, sich scherzend hinzustrecken,
Und, Amors Freuden zu verstecken,
Viel Schatten, viele Dunkelheit.
Vergnügen lacht auf allen Wegen
Im Schoß des Frühlings mir entgegen,
Und Lust begegnet jedem Blick.

Wilhelm von Kügelgen

...wer konnte da studieren!

Ich war in Lausa völlig eingebürgert und erfreute mich überdem seit kurzem der Gesellschaft eines jugendlichen Genossen, daher ich desto lieber zurückblieb. Mein neuer Freund, nur wenige Jahre älter als ich, hieß Otto von Loeben. Frühzeitig verwaist, war er Pastor Roller übergeben worden und in dessen Hause verblieben, bis er die St. Thomasschule in Leipzig beziehen konnte. Roller sah ihn daher wie einen Sohn an, und wie gewöhnlich verbrachte Otto auch diesmal seine Ferien bei dem Pflegevater.

Dieser Otto war ein frischer, bildschöner Bursche, der von nun an Freud und Leid, Vergnügen und Arbeit mit mir teilte. Wissenschaftlich war freilich nichts damit getan. Roller hatte seine Arbeit hinter sich, Otto verfeierte seine Ferien, und uns alle umgab das Jauchzen des anbrechenden Frühlings – wer konnte da studieren! Wir gruben, pflanzten, angelten und krebsten, schlämmten den Gartenteich mit weit aufgestreiften Hosen und fuhren mit dem alten Peter Holz aus dem Busche, das wir selbst geschlagen, und dampfenden Dünger aufs Feld. Es waren dies lauter Vergnügungen nach Rollers Ansicht, für uns mitunter böse Klippen, da leicht ein ungeschicktes Anfassen oder andere Versehen vorkommen konnten, die bei der aufbrausenden Gemütsart unseres Herrn und Meisters unangenehme Auftritte zur Folge hatten. Aber in Gemeinschaft trägt sich alles, und Otto verstand es so prächtig, Verdrießlichkeiten abzuschütteln und wegzulachen, daß ich die Meinung von ihm faßte, er sei durch gar nichts weder zu kränken noch zu betrüben.

Auf meinen Vorschlag sollte bisweilen auch spaziert

werden, wovon ich mir mehr Vergnügen und bessere Unterhaltung versprach als vom bloßen Düngen oder Holzhacken; aber Roller hatte davon so wenig einen Begriff als seine Bauern, daher diese Art von Naturgenuß auch nie so recht gelingen wollte. Wohl machten wir uns öfter auf den Weg, kamen aber selten weiter als fünfzig Schritte über den Pfarrhof hinaus, weil überall es so viel zu sehen gab.

So wie mein lieber Pastor sich nämlich für Menschenwerke jeder Gattung interessierte, so daß er ebensowenig bei einem am Fenster ausgestellten Holzpantoffel als bei dem Belvederischen Apoll ohne die umständlichste Besichtigung vorbeigegangen wäre, so und viel lebhafter für alle Werke Gottes, und zwar – vielleicht weil er Myops war – zunächst für die kleinsten. Während ich, gern ins Weite schweifend, mich an Totaleindrücken ergötzte, übten auf jenen Sandkörnchen, Staub, Schimmelpflanzen, Blattläuse, Erdflöhe und dergleichen Kleinigkeiten die größte Anziehung. De minutis rebus – pflegte er zu sagen – denke mein Unverstand viel zu gering. Weil aber diese Scheidemünze der Natur überall so verschwenderisch verstreut ist und stets genauester Prüfung unterlag, so hemmte sie uns auf Schritt und Tritt, und was man einen Spaziergang nennt, der nichts zum Zwecke hat, als sich auf der Stelle zu bewegen und die Herrlichkeit der Schöpfung aufs Gemüt wirken zu lassen, kam nie zustande.

Mehr nach meinem Geschmacke waren gewisse Gänge, die bei Nacht unternommen werden mußten. Otto und ich pilgerten nämlich jeden Abend gegen zehn Uhr in Begleitung der beiden Hofhunde nach Hermsdorf, um unseren Pastor abzuholen, der, wie schon gesagt, dort allabendlich verkehrte. Wir gingen dann aber weder ins Schloß noch auch nur in den Hof hinein, sondern warteten bescheiden draußen, unter alten, unbelaubten Pappeln auf dem Erdboden liegend, der Kühlung wegen ein jeder mit einem Hunde zugedeckt, bis der schwere Schritt des Pastors und das Aufstampfen seines ungeheuren Knotenstockes vom Hofe her erschallte.

Roller hatte stets seine laute Freude, uns vorzufinden, nannte uns Fledermäuse, Finsterlinge, Nachtgespenster und trat den Rückweg in bester Laune an. Im Dunkeln war er am genießbarsten. Wenn ihm die Außenwelt entschwand mit ihren minutis rebus, die ihn zerstreuten, dann offenbarte sich erst der Reichtum seines inneren Lebens, und seine Rede wurde oft erbaulich. Zu sehen gab's zwar auch im Dunkeln; aber es ist doch nicht ganz gleich, was wir ins Auge fassen, den Orion oder eine Käsemilbe. Der Glanz des nächtlichen Himmels tat uns stets das Herz auf, und Roller wußte gut Bescheid dort oben, kannte die Sternbilder mit Namen, den Gang der Planeten und den höchst sonderbaren Lauf des Mondes. Das waren schöne Gänge, und wenn wir uns drauf niederlegten in Rollers dunkler Kammer und er den Abendsegen betete, da war's mir oft zumute, als sei die Seele durch ein frisches Bad gegangen. Die einfachen Worte des Gebetes hallten fort in meinem Herzen, bis ich einschlief.

JOSEPH VON EICHENDORFF

Frühlingsnacht

Übern Garten durch die Lüfte
Hört ich Wandervögel ziehn,
Das bedeutet Frühlingdüfte,
Unten fängts schon an zu blühn.

Jauchzen möcht ich, möchte weinen,
Ist mirs doch, als könnts nicht sein!
Alte Wunder wieder scheinen
Mit dem Mondesglanz herein.

Und der Mond, die Sterne sagens,
Und in Träumen rauscht der Hain,
Und die Nachtigallen schlagens:
Sie ist Deine, sie ist dein!

ANNETTE VON DROSTE-HÜLSHOFF

Fräulein Anna und der Dichter

Der Morgen war so schön! Nachtigallen rechts und links antworteten sich so schmetternd aus dem blühenden Gesträuch und Hagen, daß ich um fünf Uhr im engsten Sinne des Wortes davon geweckt worden bin und es mir unmöglich war, wieder einzuschlafen, so habe ich denn bis zum Frühstück mich in den Anlagen herumgetrieben und die erste Blüte an des Herrn neuester Iris mit einem profanen Auge eher erblickt als der gute Prometheus selbst. Es war in diesen Tagen viel die Rede und Erwartung wegen dieser Blume aus des Herrn Fabrik, die mir nur etwas tiefer blau scheint als die gewöhnliche Schwertlilie, – ich denke aber, er wird sie atropurpurea oder mirabilissima taufen, jedenfalls sah die Blume in ihrem Tauperlenschleier reizend genug aus, und überall hatten die Anlagen in ihrem jungen, von der Sonne vergoldeten Grün, ihrem Tau und Blütenstaat eine solche beauté du diable, daß ich glaubte, nie etwas Lieblicheres gesehen zu haben. Der feuchte Boden ist dem Blumenwuchs und den Singvögeln so zuträglich, daß man in der

schönen Jahreszeit von Düften, Farbe und Gesang berauscht vergißt, daß alles fehlt, was man sonst von schöner Gegend zu fordern pflegt – Gebirg, Strom und Felsen. Ich muß der Seltsamkeit wegen anerkennen, daß mir ganz poetisch zu Mute ward und ich mich beinah auf den nassen Rasen gesetzt hätte, und mich wirklich auf eine Bank hingoß und ein paar Gedichte von Wilhelm hervorzog, die Fräulein Anna mir gestern abend mit verschmitztem Lächeln und ein wenig Erröten zugesteckt hatte. – Irre ich nicht, so ruhen ihre dunklen Augen zuweilen mit einer Teilnahme auf dem jungen Dichter, wie Langeweile und etwas Empfindsamkeit sie leicht auf dem Lande erzeugen. Das schüchterne Huhn scheint indessen davon kein Körnchen zu ahnen, und ich bezweifle, ob eine etwaige Entdeckung dem Fräulein zum Schaden oder Vorteil gereichen würde, da seine tiefblauen jungfräulichen Augen ganz anderes zu suchen scheinen als so rheinisches Blut. Also ein Dichter ist der Wilhelm!

Ich hätte es mir denken können, nach seinen verklärten Blicken, wenn wir am Weiher stehen und die Schwäne durch den glitzernden Sonnenspiegel segeln, wo er dann wirklich schön aussieht, die übrige Zeit aber unbehilflich und verschüchtert, wie es einem jungen Schreiber zukommt, den die Güte des Herrn höchst überflüssig seinem Onkel zugesellt hat, nur um das arme Blut in freie Kost und Wohnung zu bringen.

Abraham a Sancta Clara

Zweierlei Lust

Einer von Adel fragte einen Bauern, zu welcher Zeit im Jahr die Bauern am lustigsten wären? Der Bauer antwortet, daß sie ihre beste Freud und Kurzweil im Winter haben, denn nach dem Abendessen setzen sie sich zum Feuer und braten Kastanien. Dann täten sie einen guten Trunk darauf und danach legten sie sich schlafen. Der

Edelmann wollte ihm hierüber eines versetzen und sprach: »Ihr Bauern habt eine rechte Art wie Säue, die ebenfalls, wenn sie ihre Wampen voll haben, sich hinlegen und schlafen«. Darauf fragte der Bauer auch den gnädigen Herrn, zu welcher Zeit er am fröhlichsten wäre? »Wir von Adel«, sagt er, »haben unsere größte Lust im Frühling und sonderlich im Mai.« »Hol mich der Kuckuck«, sagte der Bauer, »so müßt ihr meines Esels Vetter sein, denn eben im selben Monat ist er sehr viel lustiger als sonst und schreit nichts anderes als I-a, I-a, I-a.«

HEINRICH HEINE

Frühlingsgefühle unter den Linden

Als ich einst an einem schönen Frühlingstage unter den Berliner Linden spazieren ging, wandelten vor mir zwei Frauenzimmer, die lange schwiegen, bis endlich die eine schmachtend aufseufzte: »Ach die jrine Beeme!« Worauf die andere, ein junges Ding, mit naiver Verwunderung fragte: »Mutter, was gehen Ihnen die jrinen Beeme an?«

Ich kann nicht umhin zu bemerken, daß beide Personen zwar nicht in Seide gekleidet gingen, jedoch keineswegs zum Pöbel gehörten, wie es denn überhaupt in Berlin keinen Pöbel gibt, außer etwa in den höchsten Ständen. Was aber jene naive Frage selbst betrifft, so kommt sie mir nie aus dem Gedächtnisse. Überall, wo ich unwahre Naturempfindungen und dergleichen grüne Lügen ertappe, lacht sie mir ergötzlich durch den Sinn.

Georg Büchner

Veilchenstrauß und Revolution

Frühjahr, Gießen 1833

Hier ist kein Berg, wo die Aussicht frei sei. Hügel hinter Hügel und breite Täler, eine hohle Mittelmäßigkeit in allem; ich kann mich nicht an diese Natur gewöhnen, und die Stadt ist abscheulich. Bei uns ist Frühling, ich kann deinen Veilchenstrauß immer ersetzen, er ist unsterblich wie der Lama. Lieb Kind, was macht denn die gute Stadt Straßburg? es geht dort allerlei vor, und du sagst kein Wort davon. Je baise les petites mains, en goûtant les souvenirs doux de Strasbourg.–

»Prouve-moi que tu m'aimes encore beaucoup en me donnant bientôt des nouvelles.« Und ich ließ dich warten! Schon seit einigen Tagen nehme ich jeden Augenblick die Feder in die Hand, aber es war mir unmöglich, nur ein Wort zu schreiben. Ich studierte die Geschichte der Revolution. Ich fühlte mich wie zernichtet unter dem gräßlichen Fatalismus der Geschichte. Ich finde in der Menschennatur eine entsetzliche Gleichheit, in den menschlichen Verhältnissen eine unabwendbare Gewalt, allen und keinem verliehen. Der Einzelne nur Schaum auf der Welle, die Größe ein bloßer Zufall, die Herrschaft des Genius ein Puppenspiel, ein lächerliches Ringen gegen ein ehernes Gesetz, es zu erkennen das Höchste, es zu beherrschen unmöglich. Es fällt mir nicht mehr ein, vor den Paradegäulen und Eckenstehern der Geschichte mich zu bücken. Ich gewöhnte mein Auge ans Blut. Aber ich bin kein Guillotinemesser. Das muß ist eins von den Verdammungsworten, womit der Mensch getauft worden. Der Ausspruch: es muß ja Ärgernis kommen, aber wehe dem, durch den es kommt, – ist schauderhaft. Was ist das, was in uns lügt, mordet, stiehlt? Ich mag dem Gedanken nicht weiter nachgehen. Könnte ich aber dies kalte und gemarterte Herz an deine Brust legen! B. wird dich über mein Befinden beruhigt haben, ich schrieb ihm. Ich verwünsche meine Gesundheit. Ich glühte, das Fieber bedeckte mich mit Küssen und umschlang mich wie der Arm der Geliebten. Die Finsternis wogte über mir, mein Herz schwoll in unendlicher Sehnsucht, es drangen Sterne durch das Dunkel, und Hände und Lippen bückten sich nieder. Und jetzt? Und sonst? Ich habe nicht einmal die Wollust des Schmerzes und des Sehnens. Seit ich über die Rheinbrücke ging, bin ich wie vernichtet, ein einzelnes Gefühl taucht nicht in mir auf. Ich bin ein Automat; die Seele ist mir genommen. Ostern ist noch mein einziger Trost; ich habe Verwandte bei Landau, ihre Einladung und Erlaubnis, sie zu besuchen. Ich habe die Reise schon tausendmal gemacht und werde nicht müde. – Du frägst mich: sehnst du dich nach mir? Nennst du's Sehnen, wenn man nur in einem Punkt leben kann und wenn man davon gerissen ist und dann nur das Gefühl seines Elendes hat? Gib mir doch Antwort. Sind meine Lippen so kalt? ...– Dieser Brief ist ein Charivari: ich tröste dich mit einem andern.

ADALBERT STIFTER

Frühlingserwachen

Auf einem schönen grünen Platze, der bergan steigt, wo Bäume stehen und Nachtigallen schlagen, gingen mehrere Jünglinge in dem Brausen und Schäumen ihres jungen, kaum erst beginnenden Lebens. Eine glänzende Landschaft war rings um sie geworfen. Wolkenschatten flogen, und unten in der Ebene blickten die Türme und Häuserlasten einer großen Stadt.

Einer von ihnen rief die Worte: »Es ist nun für alle Ewigkeit ganz gewiß, daß ich nie heiraten werde.«

Es war ein schlanker Jüngling mit sanften, schmachtenden Augen, der dieses gesagt hatte. Die andern achteten nicht sonderlich darauf, mehrere lachten, knickten Zweige, bewarfen sich und schritten weiter.

»Ha, wer wird denn heiraten,« sagte einer, »die lächerlichen Bande eines Weibes tragen und wie der Vogel auf den Stangen eines Käfigs sitzen?«

»Ja, du Narr, aber tanzen, verliebt sein, sich schämen, rot werden, gelt?« rief ein dritter, und es erschallte wieder Gelächter.

»Dich nähme ohnehin keine.«

»Dich auch nicht.«

»Was liegt daran?«

Die nächsten Worte waren nicht mehr verständlich. Es kam noch durch die Stämme der Bäume ein lustiges Rufen zurück und dann nichts mehr; denn die Jünglinge gingen bereits auf der schiefen Fläche, die sich von dem Platze wegzieht, empor und setzten die Gebüsche der Fläche in Bewegung. Rüstig schritten sie in der funkelnden Sonne hinan, ringsum sind grüne Zweige, und auf ihren Wangen und in ihren Augen leuchtet die ganze unerschütterliche Zuversicht in die Welt. Um sie herum liegt der Frühling, der ebenso unerfahren und zuversichtlich ist wie sie.

Der Jüngling, aus dessen Munde der Entschluß der Nichtvermählung hervorgegangen war, hatte in der Sache nichts mehr gesprochen, und sie war vergessen.

Ein neues Geplauder und ein fröhliches Sprechen tanzte von den beweglichen Zungen. Sie redeten zuerst von allem und oft alle zugleich. Dann redeten sie von dem Höchsten, und dann von dem Tiefsten und haben beides schnell erschöpft. Dann kommt der Staat. Es wird in ihm die unendliche Freiheit vorgeschlagen, die größte Gerechtigkeit und unbeschränkteste Duldsamkeit. Wer gegen dieses ist, wird niedergeworfen und besiegt. Der Landesfeind muß zerschmettert werden, und von dem Haupte der Helden leuchtet dann der Ruhm. Während sie so, wie sie meinten, von dem Großen redeten, geschieht um sie her, wie sie ebenfalls meinten, nur das Kleine; es grünen weithin die Büsche, es keimt die brütende Erde und beginnt mit ihren ersten Frühlingstierchen wie mit Juwelen zu spielen.

Hierauf singen sie ein Lied, dann jagen sie sich, stoßen sich gegenseitig in den Hohlweg oder ins Gebüsch, schneiden Ruten und Stäbe und kommen dabei immer höher auf den Berg und über die Wohnungen der Menschen.

Wir müssen hier bemerken: welch ein rätselhaftes, unbeschreibliches, geheimnisreiches, lockendes Ding ist die Zukunft, wenn wir noch nicht in ihr sind – wie schnell und unbegriffen rauscht sie als Gegenwart davon – und wie klar, verbraucht und wesenlos liegt sie dann als Vergangenheit da! Alle diese Jünglinge stürmen schon in sie hinein, als könnten sie dieselbe gar nicht erwarten. Der eine prahlt mit Dingen und Genüssen, die über seine Jahre gehen, der andere tut langweilig, als hätte er alles schon erschöpft, und der dritte redet Worte, die er bei seinem Vater Männer und Greise hatte reden gehört. Dann haschen sie nach einem vorüberflatternden Schmetterlinge und finden auf dem Wege einen bunten Stein.

Immer höher streben sie hinauf. Oben an dem Waldesrande schauen sie auf die Stadt zurück. Sie sehen allerlei Häuser und Gebäude und wetten, ob sie es sind oder nicht. Dann dringen sie in die Schatten der Buchen hinein.

Der Wald geht fast mit ebenem Boden dahin. Jenseits desselben aber steigen glänzende Wiesen mit einzelnen Fruchtbäumen besetzt in ein Tal hinab, das still und heimlich um die Bergeswölbungen läuft und von diesen Bergen zwei spiegelhelle dahinschießende Bäche empfängt. Die Wasser rieseln lustig über die geglätteten Kiesel, an dichten Obstwäldern, Gartenplanken und Häusern vorbei und von dort wieder in die Weinberge hinaus. Alles dieses ist so stille, daß man in mancher klaren Nachmittagsluft weithin den Hahn krähen hört oder den einzelnen Glockenschlag vernimmt, der von dem Turme der Kirche fällt. Selten besucht ein Städter das Tal, und noch keiner hat in demselben seine Sommerwohnung aufgeschlagen.

Unsere Freunde aber laufen mehr, als sie gehen, über die Wiese in die sanft geschwungene Wiege hinab. Lärmend kommen sie an den Gartengehegen herunter, schreiten über den ersten Steg, über den zweiten, gehen dem Wasser entlang und dringen endlich in einen Garten hinein, der von Flieder, Nußbäumen und Linden strotzt. Es ist der Garten eines Gasthauses. Hier umringen sie einen der Tische, wie sie mit den Füßen im Grase stecken, aufgenagelte Platten haben und auf den Platten eingeschnittene Herzen und Namen von denen zeigen, die vorlängst an dem Tische gesessen waren. Sie bestellten sich ein Mittagessen, und zwar ein jeder dasjenige, was er wollte. Als sie es verzehret hatten, spielten sie eine Weile mit einem Pudel, der sich in dem Garten vorfand, zahlten und gingen dann fort. Sie gingen durch die Mündung des Tales in ein anderes, breiteres hinaus, in welchem ein Strom fließt. An dem Strome nahmen sie ein angebundenes Schiffchen und fuhren an einer bekannt gefährlichen Stelle über, ohne daß sie es wußten. Zufällig vorübergehende Frauen erschraken sehr, als sie die jungen Leute da fahren sahen. Jenseits des Stromes dingten sie einen Mann, der den Kahn wieder zurückführen und an der Stelle anbinden sollte, wo sie ihn genommen hatten.

Dann drangen sie durch Röhrichte und Auen vor, bis sie zu einem Damme gelangten, auf dem eine Straße lief und ein Wirtshaus stand. Bei dem Wirte mieteten sie einen offenen Wagen, um nun jenseits des Stromes in die Stadt zurückzufahren. Sie flogen an Auen, Gebüschen, Feldern, Anlagen, Gärten und Häusern vorbei, bis sie die ersten Gebäude der Vorstädte erreichten und abstiegen. Als sie ankamen, lag die Sonne, die sie heute so freundlich den ganzen Tag begleitet hatte, weit draußen am Himmel als glühende, erlöschende Kugel. Da sie untergesunken war, sahen die Freunde die Berge, auf welchen sie heute ihre Morgenfreuden genossen hatten, als einfaches blaues Band gegen den gelben Abendhimmel emporstehen.

Sie gingen nun gegen die Stadt und deren staubige, bereits dämmernde Gassen. An einem bestimmten Platze trennten sie sich und riefen einander fröhlichen Abschied zu ...

Als das erste blasse Licht des andern Tages leuchtete, ging Viktor schon in den noch öden Gassen der Stadt dahin, daß seine Tritte hallten. Es war anfänglich noch kein Mensch zu erblicken; dann begegnete ihm manche verdrießliche, verschlafene Gestalt, die zu früher Arbeit mußte; und ein beginnendes fernes Wagenrasseln zeigte, daß man schon anfange, Lebensmittel in die große, bedürfende Stadt zu führen. Er strebte dem Stadttore zu. Außer demselben wurde er von dem kühlen, feuchten Grün der Felder empfangen. Der erste Sonnenrand zeigte sich am Erdsaume, und die Spitzen der nassen Gräser hatten rotes und grünes Feuer. Die Lerchen wirbelten freudig in der Luft, während die nahe Stadt, die sonst so lärmte, fast noch völlig stumm war.

Als er sich außer den Mauern fühlte, schlug er sogleich einen Weg durch die Felder gegen jenen grünen Baumplatz ein, von welchem wir sagten, daß gestern dort die Nachtigallen geschlagen und die Jünglinge gescherzt hatten. Er erreichte ihn nach einer nicht ganz zweistündigen Wanderung. Von da machte er den nämlichen Weg wie gestern mit den Freunden. Er stieg die schiefe Berglehne mit den Gebüschen hinan, er kam an den Rand des Waldes, sah sich da nicht um, drang unter die Bäume ein, eilte fort und stieg dann über die Wiese mit den Fruchtbäumen in das Tal hinab, von dem wir sagten, daß es so stille ist und daß in demselben die zwei spiegelnden Bäche rinnen.

Als er in dem Grunde des Tales angekommen war, ging er über den ersten Steg, nur daß er heute, gleichsam wie zur Begrüßung, ein wenig auf die glänzenden Kiesel hinabsah, über welche das Wasser dahinrollte. Dann ging er über den zweiten Steg und ging an dem Wasser dahin. Aber er ging heute nicht bis zu dem Gasthausgarten, in welchem sie gestern gegessen hatten, sondern viel früher bog er an einer Stelle, wo ein großer Fliederbusch stand, der seine Äste und Wurzeln mit dem Wasser spielen ließ, von dem Wege ab und ging in den Flieder und das Gebü-

sche hinein. Dort war eine aschgraue Gartenplanke, die ihre Farbe von den unzähligen Regen und Sonnenstrahlen erhalten hatte, und in der Planke war ein kleines Türchen. Das Türchen öffnete Viktor und ging hinein. Es war wie ein Gartenplatz hier, und etwas ferner auf dem Platze blickte die lange weiße Wand eines niederen Hauses, sich sanft von Holundergesträuchen und Obstbäumen abhebend, herüber. Das Haus hatte glänzende Fenster, und hinter denselben hingen ruhige, weiße Vorhänge nieder.

Viktor ging an dem Gebüschrande gegen die Wohnung zu. Als er auf den freien Sandplatz vor dem Hause gekommen war, auf dem der Brunnen stand und ein bejahrter Apfelbaum war, an den sich wieder Stangen und allerlei andere Dinge lehnten, wurde er von einem alten Spitz angewedelt und begrüßt. Die Hühner, ebenfalls freundliche Umwohner des Hauses, scharrten unter dem Apfelbaume unbeirrt fort. Er ging in das Haus hinein und über den knisternden Flursand in die Stube, aus welcher ein reiner, gebohnter Fußboden heraussah.

In der Stube war bloß eine alte Frau, die gerade ein Fenster geöffnet hatte und damit beschäftigt war, von den weißgescheuerten Tischen, Stühlen und Schreinen den Staub abzuwischen und die Dinge, die sich etwa gestern abends verschoben hatten, wieder zurechtzustellen. Durch das Geräusch des Hereintretenden von ihrer Arbeit abgelenkt, wendete sie ihr Antlitz gegen ihn. Es war eines jener schönen alten Frauenantlitze, die so selten sind. Ruhige, sanfte Farben waren auf ihm, und jedes der unzähligen kleinen Fältchen war eine Güte und eine Freundlichkeit. Um alle diese Fältchen waren hier noch die unendlich vielen andern einer schneeweißen gekrauseten Haube. Auf jeder der Wangen saß ein kleines feines Fleckchen Rot.

»Schau, du bist schon da, Viktor,« sagte sie, »ich habe auch die Milch wieder vergessen, daß ich sie warm gehalten hätte. Es steht wohl alles an dem Feuer, aber dasselbe wird ausgegangen sein. Warte, ich will es wieder anblasen.«

»Ich bin nicht hungrig, Mutter«, sagte Viktor, »denn ich habe bei Ferdinand, ehe ich fortging, zwei Schnitten Kaltes von dem gestrigen Abendmahle, das noch dastand, gegessen.«

»Du mußt aber hungrig sein,« antwortete die Frau, »weil du schon bei vier Stunden in der Morgenluft und dann durch den feuchten Wald gegangen bist.«

»So weit ist es ja nicht über die Turnwiese herüber.«

»Ja, weil du immer läufst und meinst, die Füße dauern ewig – aber sie dauern nicht ewig – und im Gehen merkst du auch die Müdigkeit nicht, aber wenn du eine Weile sitzest, dann schmerzen die Füße.«

Sie sagte nichts weiter und ging in die Küche hinaus. Viktor setzte sich indessen auf einen Stuhl nieder.

Als sie wieder hereingekommen war, sagte sie: »Bist du müde?«

»Nein«, antwortete er.

»Du wirst wohl müde sein – freilich müde – warte nur, warte ein wenig, es wird gleich alles warm sein.«

Viktor antwortete nicht darauf, sondern tief niedergebückt gegen den Spitz, der mit ihm hereingegangen war, strich er mit der flachen Hand über die weichen, langen Haare desselben, der sich ebenfalls liebkosend an dem Jünglinge aufgerichtet hatte und beständig in seine Augen schaute – er strich immer an der nämlichen Stelle und blickte auch immer auf diese nämliche Stelle, als wäre eine recht schwere, tiefe Bewegung in seinem Herzen.

Johann Wolfgang von Goethe

Wunderbare Heiterkeit

Am 10. Mai

Eine wunderbare Heiterkeit hat meine ganze Seele eingenommen, gleich den süßen Frühlingsmorgen, die ich mit ganzem Herzen genieße. Ich bin allein und freue mich meines Lebens in dieser Gegend, die für solche Seelen geschaffen ist, wie die meine. Ich bin so glücklich, mein Bester, so ganz in dem Gefühle von ruhigem Dasein versunken, daß meine Kunst darunter leidet. Ich könnte jetzt nicht zeichnen, nicht einen Strich, und ich bin nie ein größerer Maler gewesen als in diesen Augenblicken. Wenn das liebe Tal um mich dampft, und die hohe Sonne an der Oberfläche der undurchdringlichen Finsternis meines Waldes ruht, und nur einzelne Strahlen sich in das innere Heiligtum stehlen, ich dann im hohen Grase am fallenden Bache liege, und näher an der Erde tausend mannigfaltige Gräschen mir merkwürdig werden; wenn ich das Wimmeln der kleinen Welt zwischen Halmen, die unzähligen, unergründlichen Gestalten der Würmchen, der Mückchen näher an meinem Herzen fühle, und fühle die Gegenwart des Allmächtigen, der uns nach seinem Bilde schuf, das Wehen des Alliebenden, der uns in ewiger Wonne schwebend trägt und erhält; mein Freund! wenn's dann um meine Augen dämmert, und die Welt um mich her und der Himmel ganz in meiner Seele ruhn wie die Gestalt einer Geliebten – dann sehne ich mich oft und denke: Ach könntest du das wieder ausdrücken, könntest du dem Papiere das einhauchen, was so voll, so warm in dir lebt, daß es würde der Spiegel deiner Seele, wie deine Seele ist der Spiegel des unendlichen Gottes! – Mein Freund – Aber ich gehe darüber zugrunde, ich erliege unter der Gewalt der Herrlichkeit dieser Erscheinungen.

BARTHOLD HINRICH BROCKES

Jetzt zur holden Frühlings-Zeit

Jetzt zur holden Frühlings-Zeit,
Da sich die Natur erneuet,
Wird mit Luft und Lieblichkeit
Alle Kreatur erfreuet.
Eine Fülle von Vergnügen
Seh' ich auf der Erde liegen,
Auf den klaren Fluten schwimmen,
In den reinen Lüften glimmen.
Es beblümen sich die Felder,
Es belauben sich die Wälder;
Ihre dünn- und klaren Schatten
Zieren die begrünten Matten.
In der Tiere regem Blut
Regt sich eine neue Glut,
Daß sie fröhlich hüpfen, springen,
Fröhlich zwitschern, fröhlich singen.

Seht das blühende Gebüsche,
Seht die Schuppen-reiche Fische,
Hört das Klingen, das Gezische
Der gefärbten Vögel an!
Riecht von soviel tausend Arten
Blumen in dem bunten Garten!
Fühlt das Schmeicheln lauer Düfte!
Hört das Säuseln linder Lüfte!
Seht wie dort auf glatter Flut
Die Saphirne Himmels Glut,
In smaragdnen Ufern, ruht.
Seht wie ihr polierter Spiegel
Blumen, Kräuter, Busch und Hügel
Lieblich, nach dem Leben malt!
Gleicht nicht die beblümte Wiese,
Von der Sonnen überstrahlt,
Gleichsam einem Paradiese?
Alles was mein Auge siehet
Pranget, funkelt, glänzt und glühet,
Scheinet, schimmert, grünt und blühet.
Meine Seele wird erquickt,
Wenn sie, wie die Welt geschmückt,
Schöner Lenz, in dir erblickt!
Wenn ich an so mancher Stelle
Dieser Wunder Menge seh,
Zieht mein Geist sich in die Höh',
Suchet aller Wunder Quelle.
Da nun fällt der Sonnen Licht
Alsobald mir ins Gesicht,
Diese gibt mir zu erkennen,
Daß die Wunder auf der Erden
Und derselben holde Zier
Form und Farben bloß von ihr
Wunderbar gewirket werden.

FRIEDRICH HÖLDERLIN

Frühlingstrunken in Smyrna

Auch denk' ich gerne meiner Wanderung durch die Gegenden von Smyrna. Es ist ein herrlich Land, und ich habe tausendmal mir Flügel gewünscht, um des Jahres einmal nach Kleinasien zu fliegen.

Aus der Ebene von Sardes kam ich durch die Felsenwände des Tmolus herauf.

Ich hatt am Fuße des Bergs übernachtet in einer freundlichen Hütte, unter Myrthen, unter den Düften des Ladanstrauchs, wo in der goldnen Flut des Paktolus die Schwäne mir zur Seite spielten, wo ein alter Tempel der Cybele aus den Ulmen hervor, wie ein schüchterner Geist, in's helle Mondlicht blickte. Fünf liebliche Säulen trauerten über dem Schutt, und ein königlich Portal lag niedergestürzt zu ihren Füßen.

Durch tausend blühende Gebüsche wuchs mein Pfad nun aufwärts. Vom schroffen Abhang neigten lispelnde Bäume sich, und übergossen mit ihren zarten Flocken mein Haupt. Ich war des Morgens ausgegangen. Um Mittag war ich auf der Höhe des Gebirgs. Ich stand, sah fröhlich vor mich hin, genoß der reineren Lüfte des Himmels. Es waren selige Stunden.

Wie ein Meer, lag das Land, wovon ich heraufkam, vor mir da, jugendlich, voll lebendiger Freude; es war ein himmlisch unendlich Farbenspiel, womit der Frühling mein Herz begrüßte, und wie die Sonne des Himmels sich wiederfand im tausendfachen Wechsel des Lichts, das ihr die Erde zurückgab, so erkannte mein Geist sich in der Fülle des Lebens, die ihn umfing, von allen Seiten ihn überfiel.

Zur Linken stürzt' und jauchzte, wie ein Riese, der

Strom in die Wälder hinab, vom Marmorfelsen, der über mir hing, wo der Adler spielte mit seinen Jungen, wo die Schneegipfel hinauf in den blauen Äther glänzten; rechts wälzten Wetterwolken sich her über den Wäldern des Sipylus; ich fühlte nicht den Sturm, der sie trug, ich fühlte nur ein Lüftchen in den Locken, aber ihren Donner hört' ich, wie man die Stimme der Zukunft hört, und ihre Flammen sah ich, wie das ferne Licht der geahnten Gottheit. Ich wandte mich südwärts und ging weiter. Da lag es offen vor mir, das ganze paradiesische Land, das der Kayster durchströmt, durch so manchen reizenden Umweg, als könnt er nicht lange genug verweilen in all dem Reichtum und der Lieblichkeit, die ihn umgibt. Wie die Zephyre, irrte mein Geist von Schönheit zu Schönheit selig umher, vom fremden friedlichen Dörfchen, das tief unten am Berge lag, bis hinein, wo die Gebirgkette des Messogis dämmert.

Ich kam nach Smyrna zurück, wie ein Trunkener vom Gastmahl. Mein Herz war des Wohlgefälligen zu voll, um nicht von seinem Überflusse der Sterblichkeit zu leihen. Ich hatte zu glücklich in mich die Schönheit der Natur erbeutet, um nicht die Lücken des Menschenlebens damit auszufüllen.

Mein alter Freund, der Frühling, hatte mich überrascht in meiner Finsternis. Sonst hätt' ich ihn noch von ferne gefühlt, wenn die erstarrten Zweige sich regten, und ein lindes Wehen meine Wangen berührte. Sonst hätt' ich für jedes Weh Linderung von ihm gehofft. Aber das Hoffen und Ahnen war allmählich aus meiner Seele verschwunden.

Jetzt war er da, in aller Glorie der Jugend.

Mir war, als sollt' ich doch auch wieder fröhlich werden. Ich öffnete meine Fenster und kleidete mich, wie zu einem Feste. Er soll mich besuchen, der himmlische Fremdling.

Ich sah, wie alles hinausströmte ins Freie, auf's freundliche Meer von Smyrna, und sein Gestade. Sonderbare Erwartungen regten sich in mir. Ich ging auch hinaus.

Da zeigte sich recht die Allmacht der Natur. Fast jedes Gesicht war herzlicher; überall wurde offener gescherzt, und wo man sich sonst recht feierlich begrüßt hatte, bot man sich jetzt die Hände. Alles verjüngte und begeisterte der herrliche süße Frühling.

Der Hafen wimmelte von jauchzenden Schiffen, wo Blumenkränze wehten, und Chierwein blinkte, die Myrthenlauben tönten von fröhlichen Melodien, und Tanz und Spiel durchrauschte die Ulmen und Platanen.

Ach! ich suchte mehr, als das. Das konnte nicht vom Tode retten. Unwillkürlich, verloren in meinem Gram, kam ich in den Garten des Gorgonda Notara, meines Bekannten. -

Ein Rauschen aus einem Seitengange störte mich auf. -

Ach! mir – in diesem schmerzlichen Gefühl meiner Einsamkeit, mit diesem freudeleeren blutenden Herzen – erschien mir Sie; hold und heilig, wie eine Priesterin der Liebe stand sie da vor mir; wie aus Licht und Duft gewebt, so geistig und zart; über dem Lächeln voll Ruh' und himmlischer Güte thronte mit eines Gottes Majestät ihr grosses begeistertes Auge, und, wie Wölkchen ums Morgenlicht, wallten im Frühlingswinde die goldnen Locken um ihre Stirne.

Mein Bellarmin! könnt' ich dir's mitteilen, ganz und lebendig, das Unaussprechliche, das damals vorging in mir! – Wo waren nun die Leiden meines Lebens, seine Nacht und Armut? Die ganze dürftige Sterblichkeit?

Gewiss, er ist das höchste und seeligste, was die unerschöpfliche Natur in sich fasst, ein solcher Augenblick der Befreiung! Er wiegt Aeonen unsers Pflanzenlebens auf! Tot war mein irdisches Leben, die Zeit war nicht mehr, und entfesselt und auferstanden fühlte mein Geist seine Verwandtschaft und seinen Ursprung.

Jahre sind vorüber; Frühlinge kamen und gingen; manch herrlich Bild der Natur, manche Relique deines Italiens, aus himmlischer Phantasie hervorgegangen, erfreute mein Auge; aber das meiste verwischte die Zeit; nur ihr Bild ist in mir geblieben, mit allem, was mit ihm verwandt ist. Noch steht sie da vor mir, wie in dem heiligen trunknen Momente, da ich sie fand; ich press' es an mein glühendes Herz, das süsse Phantom; ich höre ihre Stimme, das Lispeln ihrer Harfe; wie ein friedlich Arkadien, wo Blüte und Saat in ewig stiller Luft sich wiegt, wo ohne des Mittags Schwüle die Ernte reift und die süße Traube gedeiht, wo keine Furcht das sichere Land umzäunt, wo man von nichts weiß, als von dem ewigen Frühling der Erde, und dem wolkenlosen Himmel und seiner Sonne, und seinen freundlichen Gestirnen, so steht es offen da vor mir, das Heiligtum ihres Herzens und Geistes.

Melite! o Melite! himmlisches Wesen!

Ich möchte wohl wissen, ob sie meiner noch zuweilen gedächte. Sie bedauert mich vielleicht. Ich werde sie wiederfinden, in irgend einer Periode des ewigen Daseins. Gewiss! was sich verwandt ist, kann sich nicht ewig fliehen.

Abraham a Sancta Clara

Blumenkinder

Die Blumen sind eigentlich eine Geburt des lieblichen Frühlings und gleichsam wie der Himmel mit den schimmernden Sternen prangt, so nicht weniger ziert sich der Erdboden mit den vielfarbigen Blumen. Daher das menschliche Auge fast keine bessere Weid haben kann, als in Ansehung der unterschiedlichen Blumen. Da verliebt sich eine Jungfrau in die Lilie, ein Weinschlauch in die Märzenbecher, ein Geizhals in die Goldblumen, ein Verliebter in die Tausendschönchen, ein Frommer in die Passionsblume, die von den Spaniern Granadila genannt wird, und ein Ehrfürchtiger in eine Königskerze.

HEINRICH HEINE

Leise zieht durch mein Gemüt

Leise zieht durch mein Gemüt
Liebliches Geläute.
Klinge, kleines Frühlingslied,
Kling hinaus ins Weite.

Kling hinaus, bis an das Haus,
Wo die Blumen sprießen,
Wenn du eine Rose schaust,
Sag, ich laß sie grüßen.

MAX DAUTHENDEY

Anemonen auf dem Peloponnes

Es war in der ersten Hälfte des April, als wir durch den Peloponnes ritten. Aber außer den unzähligen Anemonen, deren es feuerblaue, rosenrote, rosige und schneeweiße gab, fanden sich im jungen Gras der kühlen Wiesen noch keine anderen Blumen. Diese farbigen Anemonen, deren schwarze Staubfädengruppe aus der hellen Blütenkrone wie eine dunkle große Pupille in einem Auge aufsah, betrachtete uns von allen Wegen in dem Peloponnes, auf den Berghöhen und im Talgrün.

Ich ritt hier nicht im April im Jahre 1897. Ich ritt hier im April eines Jahres, das Hunderte von Jahren vor Christi Geburt vor mir blühte. Auf den Wegen erzählten die wochenjungen Anemonen von den Augen der jungen Griechen und Griechinnen, die einst in jedem vierten Jahre von allen Teilen des Peloponnes nach Olympia gezogen waren.

Die Urmutter Erde gibt alle ihre Erinnerungen ihren Blumen am Wege mit. Und der Himmel, unter dem sich die Blumen für ein kurzes Hochzeitsfest erschlossen haben, das ihnen Geburts-, Liebes- und Todesfest zugleich ist, bestätigt die Erinnerungen, die der Himmel mit der Erde austauscht. Nichts ist vergessen, was da an die Erde antönend, vorübergewandelt ist, auch nicht der Blick eines Auges, der eine Blume am Wege streifte. Alles lebt ewig im All, unversunken und erwachend, wenn es sich gerufen fühlt.

Manchmal erschien an den Abhängen, hinter üppigen gelbblühenden Ginsterbüschen, der neugierige Kopf eines langbärtigen Ziegenbocks, der zum jungen Birkengrün über die Büsche hinaufschnupperte. Es war, als sähe uns ein behaarter Faun mit spitzen Ohren und schlauem Auge, halb von den Büschen verdeckt, an. Dann verschwand das neugierige zottige Bocksgesicht wieder hinter gelben Ginsterblüten.

Zugleich trafen wir hier und da einen Hirten auf seinen Stab gestützt am Wege oder eine Hütte. Und beide, Haus und Mensch, standen totenstill. Nur ihr fortrückender Schatten lag neben ihnen am Weg in der Sonne als einzige Bewegung ihres Lebens.

Wir kamen am Abend zu einer Hirtenhütte, die auf dem Trümmerfeld einer verlassenen Stadt bei ein paar kümmerlichen Ölbäumen stand. Hier sollten wir übernachten. Die Hütte bestand aus zwei höhlenartigen Räumen. In dem einen kauerte die Hirtenfamilie in der Nähe des Feuers. Nur ein Stein am Fußboden war der einfache Herd. Der Rauch zog zum Fensterloch oder zum Türloch ins Freie. An dem hinteren fensterlosen Raum wurden uns zum Schlafen Pferdedecken auf den gestampften Erdboden gelegt. An einem Holzspan, der zwischen die Mauersteine gesteckt war, hing ein ölgefülltes Eisennäpfchen. Darinnen brannte mit dünnem Rauchflämmchen ein Docht.

Der armen Hirtenfamilie war die Mutter Erde im wahrsten Sinne Mutter vom Geburtstage an bis zum Sterbetage. Die Leute hockten bei der Erde, sie aßen bei der Erde, sie kochten bei der Erde und schliefen bei der Erde. In einem Haus, in dem man nichts besaß als das Leben und die Erde, hatte ich bisher noch nie übernachtet.

Es war Friede und leises Plaudern am Abend bei den Leuten, die da im Herdrauch auf ihrer Türschwelle hockten. Von der toten Stadt, die draußen rund um die Hütte lag, stand keine Säule mehr aufrecht, stand keine Mauer mehr, und die tausendjährige Sonnenhitze und die kalten Nachtfröste hatten die Stadtreste längst wie mit Hämmern zu Steingeröll zermürbt. Hier und da ragte am Rand eines Steinfeldes ein kümmerlicher Baum auf, oder es lag eine andere Hirtenhütte ebenso arm, wie die, welche uns aufgenommen hatte.

Ich hatte meine Taschenuhr neben dem Reisigbündel, das mein Kopfkissen war, auf den Fußboden gelegt, aber in dieser Hütte schienen die Stunden nicht wandern zu wollen. Sie blieben hocken, und die Uhrzeiger vergaßen fortzurücken. In dieser Armut war ein ewiger Stillstand an Stelle der Zeit zu spüren. So wie es kein Hausgerät gab, schien auch hier keine Uhr nötig zu sein. Die Nacht war eine einzige große Stunde und der Tag eine einzige große Stunde, die saß bei der Armut, auf dem leeren gestampften Erdboden, beharrlich zwischen den vier leeren Wänden der Hütte.

Wir ritten um Mitternacht von der Hütte fort. Die schöne erfrischende Nacht machte uns eine Weile munter, aber das Mondlicht schläferte die Augen bald wieder ein. Und als wir das Steinfeld der untergegangenen Stadt verlassen hatten und unter Baumschatten an einem Bergabhang ritten, wußte ich bald nicht mehr, wie ich meine Augen vor Müdigkeit offen halten sollte.

Der Mond schien den Schlaf durch die Baumblätter zu schicken. Die weißen Milchflecken des Mondlichtes am Weg, durch die wir ritten, waren wie ein über uns ausgegossener Schlaftrunk. Und der Schlaf duftete aus den Büschen und sank aus den ruhenden Bäumen herab auf uns.

Wir hörten aus einer Schlucht herauf, an der wir entlang ritten, ein ununterbrochenes Rauschen. Ich wußte nicht, kam das Geräusch von einem Wasser oder vom Wind im Laub. Es war da im Finstern ein Lärm in einem Tal, der ununterbrochen neben uns lebte.

Bei Epidaurus saß an einer Landstraße auf der Hausschwelle eine Frau, die von einer mit Hanf umwickelten Kunkel, die sie auf ihre Hüfte stützte, den Garnfaden drehte. Auf einer Böschung seitlich vom Hause, unter einem großen Platanenbaum stand aufrecht eine andere Frau; sie hielt auch eine Kunkel im Arm und arbeitete wie die erste.

Und am Rande eines großen steinernen Brunnentroges, aus dem unsere Pferde getränkt wurden und in den das Wasser aus dem Felsen sickerte, saß eine dritte Frau und hielt gleichfalls eine hanfumwickelte Kunkel und arbeitete. Über den drei Frauen stand der Frühlingshimmel, und der Frühlingssonnenschein machte den Himmel hinter dem Haus und durch die Blätter des Platanenbaumes leuchten, als wäre dort ein gläsernes Fenster, das ins Weltall hinaussah.

Von dem Weltraum draußen kam seligste Einfachheit, weise Lebensfreude, Lebensernst und Lebensruhe; und nicht das Licht allein, sondern diese dreifache Seligkeit beschien und bewachte die drei stillen, ihre Hanffäden drehenden Frauen.

LUDWIG RICHTER

Skizzen aus Südfrankreich

Nachdem mich die Reisegefährten wieder verlassen hatten, suchte ich nach einem günstigen Punkt, um etwas von diesen Herrlichkeiten aufs Papier zu bringen. In einem Teil der Ruine hatte sich eine Familie angesiedelt. Ich klopfte mit dem eisernen Ring an die Pforte und ein junges, hübsches Weib öffnete dieselbe, welche ich denn um Erlaubnis bat, aus ihrem Gärtchen die schöne Aussicht zeichnen zu dürfen, und ich stieg in dem malerisch bewachsenen alten Gemäuer und in den kleinen Anpflanzungen herum. Die Sonne schien so prächtig und ich zeichnete im Schatten einer Gruppe dunkler Zypressen.

Wie ein seliger Traum lag blau und duftig die Küste, das Meer im zitternden Glanze der Frühlingssonne vor mir ausgebreitet und die Abhänge, blaue Veilchenteppiche, sandten im Verein mit dem Goldlack und roten Levkojen, welche an den Schloßmauern wucherten, ihre süßen Düfte. Es war so still hier oben; ein himmlisches Paradies schien mir dies kleine, romantische Asyl armer Leute, von dem großartigen Hintergrunde umgrenzt. Die Bienen summten um die Blumen und ein kleines Mädchen unten im Gärtchen pflückte Zuckerschoten in ein Körbchen. Ach! dachte ich, wäre ich doch ein freier Wanderer und könnte mit meinem Bündel und Skizzenbuch dies schöne Stück Erde durchziehen und auch, wie die Bienen, die schönste Beute sammeln, ganz nur dem künstlerischen Gefühl und Bedürfnis folgend, statt Veduten zusammenzutragen und die Zeit mit der Ausführung derselben zu verschwenden.

JOHANN GEORG ADAM FORSTER

Ansichten vom Rheingau

Boppart, den 24. März

Auf der Fahrt durch das Rheingau hab' ich, verzeih es mir der Nationalstolz meiner Landsleute! eine Reise nach Borneo gelesen und meine Phantasie an jenen glühenden Farben und jenem gewaltigen Pflanzenwuchs des heißen Erdstrichs, wovon die winterliche Gegend hier

nichts hatte, gewärmt und gelabt. Der Weinbau gibt wegen der krüppelhaften Figur der Reben einer jeden Landschaft etwas Kleinliches; die dürren Stöcke, die jetzt von Laub entblößt, und immer steif in Reih' und Glied geordnet sind, bilden eine stachlichte Oberfläche, deren nüchterne Regelmäßigkeit dem Auge nicht wohl tut. Hier und dort sahen wir indes doch ein Mandel- und Pfirsichbäumchen und manchen Frühkirschenstamm mit Blütenschnee weiß oder rötlich überschüttet; ja selbst in dem engeren Teile des Rheinlaufs, zwischen den Bergklüften, hing oft an den kahlen, durch die Rebenstöcke verunzierten Felswänden und Terrassen ein solches Kind des Frühlings, das schöne Hoffnungen auf die Zukunft in uns weckte.

Nicht immer also träumten wir uns in den ewigen Sommer der Palmenländer. Wir saßen stundenlang auf dem Verdeck, und blickten in die grüne, jetzt bei dem niedrigen Wasser wirklich erquickend grüne Welle des Rheins; wir weideten uns an dem reichen mit aneinander hangenden Städten besäten Rebengestade, an dem aus der Ferne her einladenden Gebäude der Probstei Johannisberg, an dem Anblick des romantischen Mäuseturms und der am Felsen ihm gegenüber hangenden Warte. Die Berge des Niederwalds warfen einen tiefen Schatten auf das ebene, spiegelhelle Becken des Flusses, und in diesem Schatten ragte, durch einen zufälligen Sonnenblick erleuchtet, Hatto's Turm weiß hervor, und die Klippen, an denen der Strom herunterrauscht, brachen ihn malerisch schön. Die Noh, mit ihrer kühnen Brücke und der Burg an ihrem Ufer, glitt sanft an den Mauern von Bingen hinab, und die mächtigeren Fluten des Rheins stürzten ihrer Umarmung entgegen.

Wunderbar hat sich der Rhein zwischen den engen Tälern einen Weg gebahnt. Kaum begreift man auf den ersten Blick, warum er hier (bei Bingen) lieber zwischen die Felswände von Schiefer sich drängte, als sich in die flachere Gegend nach Kreuznach hin ergoß. Allein bald wird man bei genauerer Untersuchung inne, daß in dieser Richtung die ganze Fläche allmählich steigt, und wahrer Abhang eines Berges ist. Wenn es demnach überhaupt dem Naturforscher ziemt, aus dem vorhandenen Wirklichen auf das vergangene Mögliche zu schließen; so scheint es denkbar, daß einst die Gewässer des Rheins vor Bingen, durch die Gebirgswände gestaucht und aufgehalten, erst hoch anschwellen, die ganze flache Gegend überschwemmen, bis über das Niveau der Felsen des Bingerlochs anwachsen und dann unaufhaltsam in der Richtung, die der Fluß jetzt noch nimmt, sich nordwärts darüber hinstürzen mußten. Allmählich wühlte sich das Wasser tiefer in das Felsenbett, und die flachere Gegend trat wieder aus derselben hervor.

FERDINAND VON SAAR

Frühling an der Moldau

Am südlichen Ende Prags, auf einem gegen die Moldau felsig abstürzenden Hügel, erhebt sich ernst und düster die Wyschehrader Zitadelle. Es läßt sich im Umkreise einer großen, volkreichen Stadt nichts einsam Abgeschiedeneres denken, als dieses alte, ziemlich ausgedehnte Fort. Denn die Besatzung beschränkt sich in Friedenszeiten auf eine Offizierswache von geringer Stärke, die nur den allernötigsten Sicherheitsdienst an den Toren und auf den Wällen versieht. Die Kasematten und Blockhäuser im Innern stehen leer und verödet, und die spärlich gefüllten Pulvermagazine scheinen wie die Belagerungsgeschütze nur da zu sein, um einem invaliden Unteroffizier der Artillerie zur Sinekure eines Zeugwartes zu verhelfen. Auch die Poststraße, welche durch die Zitadelle über den Rücken des Hügels nach Budweis führt, wird nur wenig benützt. Harmlose Spaziergänger nach dem nahen anmutigen Dorfe Podol, Landleute aus der Umgegend, welche Lebensmittel zum Prager Markt bringen, und hin und wieder ein bestäubter Wanderbursche sind fast die einzigen Passanten der Festungstore. So herrscht innerhalb der Wälle gewöhnlich die tiefste Stille, die nur selten durch das Rollen eines Wagens, regelmäßig aber am frühen Morgen, mittags und abends durch den Wachetambour mit rasselnden Trommelsignalen unterbrochen wird.

Zumal im Winter ist es hier oben traurig und ausgestorben. Kalt und schneidend saust der Wind um die verlassene Höhe, und mißmutig, dicht in ihre Mäntel gehüllt, gehen die Schildwachen auf den eingeschneiten, von krächzenden Dohlen beflogenen Wällen auf und nieder. Aber wenn der Schnee ins Schmelzen kommt und die Moldau unten wieder blau und schimmernd vorüberwallt, da entfaltet sich in dieser Abgeschiedenheit ein wunderbarer Lenz. Dichter, glänzender Graswuchs überkleidet alle Gräben und Böschungen, und um die eingesunkenen Kanonenlafetten sprießen Veilchen und Primeln. Immer bunter schmückt sich der Rasen, und manche Schießscharte wird durch einen wilden, in voller Blüte stehenden Rosenbusch verdeckt, den ein langjähriger Friede hart am Gemäuer wachsen ließ. Selbst aus den Kugelpyramiden, die der Zeugwart so zierlich einzurichten versteht, sprießt und blüht es: denn der Wind hat Erdreich und Samen in den Fugen abgelagert, und nun duften und schwanken über den fruchtbaren Geschossen die blaßgelbe Reseda, der dunkelblaue Rittersporn und die rötliche, langgestielte Steinnelke. Bienen und gepanzerte Käfer summen und schwirren durch die heiße, zitternde Luft; zutraulich zwitschernd lassen sich Hänfling und Rotkehlchen auf die wuchtigen Feuerrohre nieder, und an den Mauerabhängen der Wälle klettert und sonnt sich die goldgrüne, funkelnde Eidechse.

ADELBERT VON CHAMISSO

Im hohen Norden

Ich habe schon gelegentlich von einem Prediger in Lappland gesprochen. Sieben Jahre hatte der Mann in dieser Pfarre zugebracht, welche über die Region der Bäume hinaus lag; während der warmen Sommermonate ganz allein (seine Pfarrkinder zogen zu der Zeit mit ihren Rentierherden in kühlere Gegenden am Meer).

Während der Winternacht, als der Mond am Himmel war, zog er zu Schlitten umher, biwakierte bei gefrorenem Quecksilber und suchte seine Lappen, die er liebhatte, auf, um seines Amtes zu walten. Zwei Mal in diesen sieben Jahren hatte er in seiner Einsamkeit den Zuspruch von Stamm- und Sprachverwandten genossen; ein Bruder von ihm hatte ihn besucht, und ein Botaniker hatte sich zu ihm verirrt. Wohl wußte er anerkennend die Freude zu preisen, die der Mensch dem Menschen bringt; aber nicht diese Freude, und keine andere im Leben, so beteuerte er mir, ist der Wonne zu vergleichen, nach der langen Winternacht die Sonnenscheibe sich kreisend wieder über dem Horizont erheben zu sehen.

Der Frühling ist für uns das Erwachen aus einer langen, verzögernden Krankheit, die gemäßigter als der Winterschlaf anderer Tiere, demselben entspricht. Voller und schneller lebt der Mensch unter einer scheitelrechten

Sonne, die, wie in Brasilien, Fülle des Lebens aus dem Schoß der Erde zeugt; unter einem Himmel ohne Glut, auf einer Erde ohne Fruchtbarkeit zählt er mehr der Tage, mehr der Jahre.

»Sommergewinn«

In den März fiel die Feier von Winters Ende und Frühlings Anfang, das Todaustreiben, in Eisenach auch »Sommergewinn« genannt. Der Tod in Gestalt einer Strohpuppe ward von den Kindern umhergetragen und dann begraben oder verbrannt, in Nürnberg ins Wasser geworfen. Die Kinder sangen dazu:

»Der Tod, der haut an Panzer oh,
Henken viel hundert Läus dro.«

Meist fand dieser Brauch am Sonntag Lätare, zur Zeit der Tag- und Nachtgleiche statt. Ein mittelhochdeutscher Text zum Todaustragen lautete:

»Ich will dir guote Mere sagen:
Hin sont wir den Winter jagen.«

Später sang man:

»Nun tragen wir den Tod hinaus,
Durch unsre Stadt zum Thor hinaus« usw.

In der Pfalz, am Neckar, im Odenwald war dieses Fest besonders zu Hause. In Heidelberg wird es heute noch als »Sommertag« gefeiert. Reich geputzte Knaben und Mädchen mit Ruten und Stäben, die mit buntem Papiere und Brezeln geschmückt sind, ziehen am Sonntag Lätare mit zwei mächtigen Puppen, dem Winter und dem Sommer, zum Schlosse. Mit unermüdlicher Ausdauer singen sie:

»Strieh, Strah, Stroh, der Summerdag is do,
Der Summer und der Winter,
Des sinn Geschwisterkinder.
Summerdag, Staab aus,
Bloß em Winter die Aage aus.
Strieh, Strah, Stroh, der Summerdag is do!«

In der Pfalz trugen die Knaben mit hölzernen Degen und weiß abgeschälten Stäben, auf welchen Brezeln und Kuchen gebunden waren einen Strohmann (Winter) und eine mit Efeu geputzte Puppe (Sommer) umher, dabei singend:

»Stab aus, stab aus,
Stech dem Tod die Augen aus.«

Der Strohmann ward verbrannt, die Efeupuppe aber den Honoratioren vor das Haus getragen, woselbst die Kinder mit gekochten Erbsen und Backwerk beschenkt wurden.

Auch in Schlesien kannte man den Brauch des »Todaustragens«: »Daß dich der Popelmann holt!« war dort eine gebräuchliche Redewendung. Das sagte der Schlesier aber nur zu jemandem, dem er nicht gerade das Allerbeste wünschen wollte. Ist doch der Popelmann so etwas wie »ein alter Götze«, ein Allesverschlinger. Und jedes Jahr konnte man ihm, vor allem in Oberschlesien, sogar wiederbegegnen. Nur daß es dann, umgekehrt, dem bösen Popelmann recht schlecht erging. Wurde er doch in Gestalt einer aus Stroh und Lumpen gefertigten überlebensgroßen Puppe auf einer langen Stange durchs Dorf getragen und schließlich unter viel Geschrei und dem Juchhe der Kinder in den nächsten Bach oder Weiher gestürzt. Das war immer ein gewaltiges Ereignis am Sonntag Lätare.

Das Eschenreis

Ein Mädchen aus dem Alpbachtale stieg im Frühjahr auf die Alm; da fand es auf seinem Pfade ein Eschenreis, das hatte wunderseltsame Knoten und Auswüchse, weshalb das Mädchen dasselbe aufhob und mitnahm. Nach einer Stunde Weges kam die Dirne an eine kleine Grube, in der noch Schneewasser vom Winter her stand, und in der Lache schwamm junge, schwarze Brut von Fröschen und Wegnarren (Salamander). Da schlug das Mädchen mit dem Eschenreis in die Lache, und im Augenblick stieg ringsum schwarzes Gewölk auf, der Himmel verfinsterte sich mehr und mehr, es begann zu hageln, daß die Alm überschneit war. Bald aber war alles licht und heiter wie vor und eh'. Das Eschenreis war einer Wetterhexe aus ihrem Besen gefallen.

Wilhelm Raabe

April

Der April, der einst mensis novarum hieß, ist der wahre Monat des Humors. Regen und Sonnenschein, Lachen und Weinen trägt er in seinem Sack; und Regenschauer und Sonnenblicke, Gelächter und Tränen brachte er auch diesmal mit, und manch einer bekam seinen Teil. Ich liebe diesen janusköpfigen Monat, welcher mit dem einem Gesichte grau und mürrisch in den endenden Winter zurückschaut, und mit dem anderen jugendlich fröhlich dem nahen Frühling entgegenlächelt. Wie ein Gedicht Jean Pauls greift er hinein in seine Schätze und schlingt ineinander Reif und keimendes Grün, verirrte Schneeflocken und kleine Marienblümchen, Regentropfen und Veilchenknospen, flackerndes Osterfeuer und

Schneeglöckchen, Aschermittwochsklagen und Auferstehungsglocken.

Ich liebe den April, welchen sie den Veränderlichen, den Unbeständigen nennen, und den sie mit »Herrengunst und Frauenlieb« in einen so böswilligen Reim gebracht haben.

Ich wurde diesen Morgen schon ziemlich früh durch das Geräusch des Regens, der an meine Fenster schlug, erweckt, blieb aber noch eine geraume Zeit liegen und träumte zwischen Schlaf und Wachen in diese monotone Musik hinein. Das benutzte ein schadenfroher Dämon des Trübsinns und des Ärgernisses, um mich in ein Netz trauriger, regenfarbiger Gedanken einzuspinnen, welches mir Welt und Leben in einem so jämmerlichen Lichte vorspiegelte und so drückend wurde, daß ich mich zuletzt nur durch einen herzhaften Sprung aus dem Bette daraus erretten konnte.

Aprilwetter! Die Hosen zog ich – wie weiland Freund Yorik – bereits wieder als ein Philosoph an, und der erste Sonnenblick, der pfeilschnell über die Fenster der gegenüberliegenden Häuser und die Nase des mir zuwinkenden Strobels glitt, vertrieb alle Nebel, welche auf meiner Seele gelastet hatten. Frischen Mutes konnte ich mich wieder an meine Vanitas setzen, und als ich gar in einem der schweinsledernen, verstaubten Tröster, die ich gestern von der königlichen Bibliothek mitgebracht hatte, eine alte vertrocknete Blume aus einem vergangenem Frühling fand, konnte ich schon wieder die seltsamsten Mutmaßungen über die Art und Weise, wie das tote Frühlingskleid zwischen diese Blätter kam, anstellen. Hatte sie vielleicht an einem lang vergangenen Feiertage ein uralter, längst vermoderter Kollege mitgebracht von einem lustigen Feldwege, oder hatte sie vielleicht eins seiner Kinder spielend in dem Folianten des gelehrten

Vaters gepreßt? Hatte sie etwa ein Student von der Geliebten erhalten und hier aufbewahrt und vergessen? Welche Vermutungen! Hübsch und anmutig, und umso hübscher und anmutiger, als sie nicht unwahrscheinlich sind.

Oh, versteht es nur, Blumen zwischen die öden Blätter des Lebens zu legen; fürchtet euch nicht, kindisch zu heißen bei zu klugen Köpfen; ihr werdet keine Reue empfinden, wenn ihr zurückblättert und auf die vergilbten Angedenken trefft!

Sei mir gegrüßt, wechselnder April, du verzogenes Kind der alten Mutter Zeit und ...

JEAN PAUL

Frühlingsgedanken

In jedem Frühling trägt unser Geist, wie der Winzer, frische Erde auf den ausgewaschenen Weinberg der künftigen Lese, und die ganze Unendlichkeit unserer Brust wird von dieser warmen brütenden Aprilsonne mit tausend Knospen von Planen, Reisen und Hoffnungen heraus gelockt. -

Wenn der reiche Frühling sich vor mir die Ebenen hinablagert und Wälder und Schmetterlinge und Blumen auf dem Schoße hält – und wenn es überall rauschet wie von einem herabkommenden unendlichen Leben – und wenn die Wasserwerke und Getriebe der Schöpfung wie in einem Bergwerk donnernd auf und nieder steigen – und wenn das weite wogende Leben sich nach Jugend und Ferne und nach Süden drängt, wie die Polarmeere nach dem heißen Erdgürtel: so führen die Wogen das Menschenherz mit sich fort und es will in die Ferne und in die Zukunft, und ich blicke schmachtend nach den fernen dunklen Bergen, gleichsam wie nach den Jahren, die in der Zukunft ruhen --- aber dann ruft plötzlich etwas mir zu: erwache, nimm Abschied von der Zukunft und liebe die Gegenwart!

BARTHOLD HINRICH BROCKES

Das umgegrabne Garten-Land

Das umgegrabne Garten-Land
Ist kaum besät und wieder zugeegget;
So wird nicht lang' hernach ein grünliches Gewand
Darüber gleichsam hergeleget.
Es dringet sich gar bald,
Und so zu sagen mit Gewalt,
In einer zärtlich grünen Zier,
Durch dunkelbraunen Grund, ein zartes Kraut herfür
Zu Anfang scheint das Grau der ebnen Flächen,
Wenn tausend Blätterchen, in stiller Emsigkeit,
An allen Orten durch sie brechen,
Als wär' ein grüner Staub darüber hergestreut,
Der augenscheinlich sich verdicket,
Wodurch die milde Mutter sich
Fast sichtbarlich
Mit einem grünen Sammet schmücket.
Es zeiget Saurampf, Kohl, Spinat,
Kreß, Rettig, Petersill, Salat,
Bey einem warm- und feuchten Frühlings-Wetter
Ganz unvermerkt die kleinen Blätter.
Die meisten sieht man Wunderschön
In langen Linien in netter Ordnung stehn.
Durch so gerade Zierlichkeit

Wird man nicht weniger, als durch die Farb', erfreut.
Man sieht zugleich an ihnen mit Ergetzen
Die Ordnung, Zier und schönen Farben an,
Zusammt dem Unterscheid der Bildungen. Es kann
Ein wirtlich Herz zugleich hieran
Schon zu voraus den Nutzen schätzen,
Da das, was aus der Erd' in solchem Zierrath bricht,
Auch im Geschmack uns tausend Lust verspricht;
Indem ein mannigfaltger Saft
Erfrischung und auch Nahrungs-Kraft
Uns, bey der Augen-Lust, zugleich verschafft.

Johann Wolfgang von Goethe

Der Wundergarten

Palermo, Sonnabend, den 7. April 1787

In dem öffentlichen Garten unmittelbar an der Reede brachte ich im stillen die vergnügtesten Stunden zu. Es ist der wunderbarste Ort von der Welt. Regelmäßig angelegt, scheint er uns doch feenhaft; vor gar nicht langer Zeit gepflanzt, versetzt er ins Altertum. Grüne Beeteinfassungen umschließen fremde Gewächse, Zitronenspaliere wölben sich zum niedlichen Laubengange, hohe Wände des Oleanders, geschmückt von tausend roten nelkenhaften Blüten, locken das Auge. Ganz fremde, mir unbekannte Bäume, noch ohne Laub, wahrscheinlich aus wärmern Gegenden, verbreiten seltsame Zweige. Eine hinter dem flachen Raum erhöhte Bank läßt einen so wundersam verschlungenen Wachstum übersehen und lenkt den Blick zuletzt auf große Bassins, in welchen Gold- und Silberfische sich gar lieblich bewegen, bald sich unter bemooste Röhren verbergen, bald wieder scharenweis, durch einen Bissen Brot gelockt, sich versammeln. An den Pflanzen erscheint durchaus ein Grün, das wir nicht gewohnt sind, bald gelblicher, bald bläulicher als bei uns. Was aber dem Ganzen die wundersamste Anmut verlieh, war ein starker Duft, der sich über alles gleichförmig verbreitete, mit so merklicher Wirkung, daß die Gegenstände, auch nur einige Schritte hintereinander entfernt, sich entschiedener hellblau voneinander absetzten, so daß ihre eigentümliche Farbe zuletzt verlorenging, oder wenigstens sehr überbläut sie sich dem Auge darstellten.

Welche wundersame Ansicht ein solcher Duft entfernteren Gegenständen, Schiffen, Vorgebirgen erteilt, ist für ein malerisches Auge merkwürdig genug, indem die Distanzen genau zu unterscheiden, ja zu messen sind; deswegen auch ein Spaziergang auf die Höhe höchst reizend ward. Man sah keine Natur mehr, sondern nur Bilder, wie sie der künstlichste Maler durch Lasieren auseinander gestuft hätte.

Aber der Eindruck jenes Wundergartens war mir zu tief geblieben; die schwärzlichen Wellen am nördlichen Horizont, ihr Anstreben an die Buchtkrümmungen, selbst der eigene Geruch des dünstenden Meeres, das alles rief in mir die Insel der seeligen Phäaken in die Sinne, sowie ins Gedächtnis. Ich eilte sogleich, einen Homer zu kaufen, jenen Gesang mit großer Erbauung zu lesen und eine Übersetzung aus dem Stegreif Kniepen vorzutragen, der wohl verdiente, bei einem guten Glase Wein von seinen strengen heutigen Bemühungen behaglich auszuruhen.

Eduard Mörike

Er ist's

Frühling läßt sein blaues Band
wieder flattern durch die Lüfte;
süße, wohlbekannte Düfte
streifen ahnungsvoll das Land.
Veilchen träumen schon,
wollen balde kommen.
– Horch, von fern ein leiser Harfenton!
Frühling, ja du bist's!
Dich hab' ich vernommen!

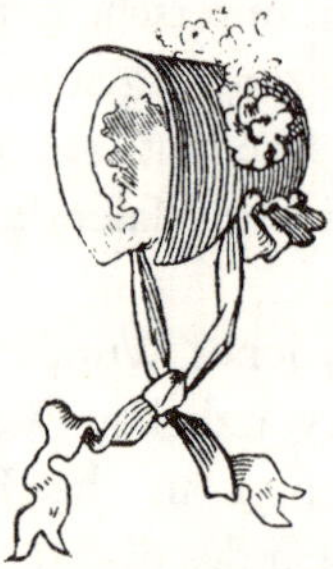

Hermann Hesse

Betrachtungen

Noch während unseres trockenen Frühlings, ehe die Regenfälle und die Reihe von Gewittertagen kamen, hielt ich mich öfters an einer Stelle meines Weinbergs auf, wo ich um diese Zeit auf einem Stück noch umgegrabenen Gartenbodens meine Feuerstelle habe. Dort ist in der

Weißdornhecke, die den Garten abschließt, seit Jahren eine Buche gewachsen, ein Sträuchlein, anfangs aus verflogenem Samen vom Walde her, mehrere Jahre hatte ich es nur vorläufig und etwas widerwillig stehen lassen, es tat mir nur um den Weißdorn leid, aber dann gedieh die kleine zähe Winterbuche so hübsch, daß ich sie endgültig annahm, und jetzt ist sie schon ein dickes Bäumchen und ist mir heute doppelt lieb, denn die mächtige Buche, mein Lieblingsbaum im ganzen benachbarten Wald, ist kürzlich geschlagen worden, schwer und gewaltig liegen drüben noch wie Säulentrommeln die Teile ihres zersägten Stammes. Ein Kind jener Buche ist wahrscheinlich mein Bäumchen.

Stets hat es mich gefreut und mir imponiert, mit welcher Zähigkeit meine kleine Buche ihre Blätter festhält. Wenn alles längst kahl ist, steht sie noch im Kleide ihrer welken Blätter, den Dezember, den Januar, den Februar hindurch, Sturm zerrt an ihr, Schnee fällt auf sie und tropft wieder von ihr ab, die dürren Blätter, anfangs dunkelbraun, werden immer heller, dünner, seidiger, aber der Baum entläßt sie nicht, sie müssen die jungen Knospen schützen. Irgend einmal dann in jedem Frühling, jedesmal später, als man es erwartete, war eines Tages der Baum verändert, hatte das alte Laub verloren und statt seiner die feucht beflognen, zarten neuen Knospen aufgesetzt. Diesmal nun war ich Zeuge dieser Verwandlung. Es war bald, nachdem der Regen die Landschaft grün und frisch gemacht hatte, eine Stunde am Nachmittag, um die Mitte des April, noch hatte ich in diesem Jahr keinen Kuckuck gehört und keine Narzisse in der Wiese entdeckt. Vor wenigen Tagen noch war ich bei kräftigem Nordwind hier gestanden, fröstelnd und den Kragen hochgeschlagen, und hatte mit Bewunderung zugesehen, wie die Buche gleichmütig im zerrenden Winde stand und kaum ein Blättchen hingab; zäh und tapfer, hart und trotzig hielt sie ihr gebleichtes altes Laub zusammen.

Und jetzt, heute, während ich bei sanfter windstiller Wärme bei meinem Feuer stand und Holz brach, sah ich es geschehen: es erhob sich nur ein leiser sanfter Windhauch, ein Atemzug nur, und zu Hunderten und Tausenden wehten die so lang gesparten Blätter dahin, lautlos, leicht, willig, müde ihrer Ausdauer, müde ihres Trotzes und ihrer Tapferkeit. Was fünf, sechs Monate festgehalten und Widerstand geleistet hatte, erlag in wenigen Minuten einem Nichts, einem Hauch, weil die Zeit gekommen, weil die bittere Ausdauer nicht mehr nötig war. Hinweg stob und flatterte es, lächelnd, reif, ohne Kampf. Das Windchen war viel zu schwach, um die so leicht und dünn gewordenen Blätter weit weg zu treiben, wie ein leiser Regen rieselten sie nieder und deckten Weg und Gras zu Füßen des Bäumchens, von dessen Knospen ein paar wenige schon aufgebrochen und grün geworden waren. Was hatte sich mir nun in diesem überraschenden und rührenden Schauspiel offenbart? War es der Tod, der leicht und willig vollzogne Tod des Winterlaubes? War es das Leben, die drängende und jubelnde Jugend der Knospen, die sich mit plötzlich erwachtem Willen Raum geschaffen hatte? War es traurig, war es erheiternd? War es eine Mahnung an mich, den Alten, mich auch flattern und fallen zu lassen, eine Mahnung daran, daß ich vielleicht Jungen und Stärkeren den Raum wegnahm? Oder war es eine Aufforderung, es zu halten wie das Buchenlaub, mich so lang und zäh auf den Beinen zu halten wie nur möglich, mich zu stemmen und zu wehren, weil dann, im rechten Augenblick, der Abschied leicht und heiter sein werde? Nein, es war, wie jede Schauung, ein Sichtbarwerden des Großen und Ewigen, des Zusammenfalls der Gegensätze, ihres Zusammenschmelzens im Feuer der Wirklichkeit, es bedeutete nichts, mahnte zu nichts, vielmehr es bedeutete alles, es bedeutete das Geheimnis des Seins, und es war schön, war Glück, war Sinn, war Geschenk und Fund für den Schauenden, wie es ein Ohr voll Bach, ein Auge voll Cézanne ist. Diese Namen und Deutungen waren nicht das Erlebnis, sie kamen erst nachher, das Erlebnis selbst war nur Erscheinung. Wunder, Geheimnis, so schön wie ernst, so hold wie unerbittlich. –

Am selben Ort, bei der Weißdornhecke und nahe der Buche, nachdem inzwischen die Welt saftig grün geworden und am Ostersonntag der erste Kuckucksruf in unserem Walde erklungen war, an einem der laufeuchten, wechselvollen, windbewegten Gewittertage, die schon den Sprung vom Frühling in den Sommer vorbereiten, sprach in einem nicht minder gleichnishaften Augenerlebnis das große Geheimnis mich an. Am schwer bewölkten Himmel, der dennoch immer wieder grelle Sonnenblicke in das keimende Grün des Tales warf, fand großes Wolkentheater statt, der Wind schien von allen Seiten zugleich zu wehen, doch wog die Südnordrichtung vor. Unruhe und Leidenschaft erfüllten die Athmosphäre mit starken Spannungen. Und mitten im Schauspiel stand, meinem Blick sich plötzlich aufdrängend, wiederum ein Baum, ein junger schöner Baum, eine frisch belaubte Pappel im Nachbargarten. Wie eine Rakete schoß sie empor, wehend, elastisch, mit spitzem Wipfel, in den kurzen Windpausen straff geschlossen wie eine Zypresse, bei wachsendem Winde mit hundert dünnen, leicht auseinandergekämmten Zweigen gestikulierend. Hin und her wiegte und bäumte sich mit zart blitzendem Flüsterlaub der Wipfel des herrlichen Baumes, seiner Kraft und grünen Jugend froh, mit leise sprechendem Schwanken wie das Zünglein einer Waage, jetzt wie im Neckspiel nachgebend, jetzt eigenwillig zurückschnellend ...

Palmsonntagsbräuche

Der Palmsonntag bereitete auf die Freuden des Osterfestes vor. Der Palmesel, der in der Prozession mit herumgeführt wurde, ward manchen Orts von den Buben gezogen, auch von den Kindern mit Palmenzweigen in den Händen begleitet. In Augsburg erhielten die Kinder kleine hölzerne Eselein, auch durften sie auf dem Palmesel reiten, in Rottenburg aber nur die Kleinen, welche ihr erstes Gewand bekamen: sie sollten dann gut gedeihen, was aber auch schon lediglich durch das Berühren des Esels erreicht werden sollte. In Aalen führte man die Kinder zu den Gräbern von Verwandten und beschenkte sie mit Leckereien, die von diesen aus dem Grabe heraus gereicht worden sein sollen. In Weingarten hielten die Hafner Kindergeschirr, sog. Eselsgeschirr feil, das den Kindern mitgebracht wurde. In Fulda legten fromme Frauen die für die Kinder bestimmten Ostereier unter den Schwanz des Palmesels; hierdurch sollten sie geweiht sein.

Die Reliquie von der Eselin, auf welcher Christus am Palmtage geritten

Herr Friedrich Mecum, Pfarrherr zu Gotha, war zu Wittenberg bei Doktor Martino und sagte viel von der Welschen Hoffart und erzählte eine Historie, daß ein Meßpfaff zu Rom in der Beichte etliche Deutsche mit guten

Worten fein betrogen und recht auf den Esel gesetzt hätte. »Ich weiß«, sprach der Pfaff, »daß die Deutschen fromme, andächtige Leute sind, die die Religion liebhaben.« Die Welschen seien aber Spötter, die sie verlachten. Darum wollte er ihm, dem Deutschen, einen großen, trefflichen Schatz einer Reliquie geben, den er bei sich verborgen hätte. Denn davon würde ganz Deutschland großes Heil und Glück bekommen. Er solle es aber niemandem offenbaren, denn sie möchten beide darüber in Gefahr von Leib und Leben kommen. Da ihm nun der Deutsche es mit einem Eide versprach, er wollte es niemand sagen noch zeigen, bis er nach Deutschland käme, gab ihm der Pfaff ein Bein von der Eselin, auf der Christus am Palmtage eingeritten war, fein in ein seiden Tüchlein gewickelt, und sprach: »Das ist das Heiligtum, darauf der Herr Jesus Christus leibhaftig gesessen hat, und er hat mit seinen Beinen dieses Esels Beine berührt.« Da war er froh und trug solchen heimlichen Schatz mit sich nach Deutschland. Da er nun an die Grenze kam, rühmte er sich gegenüber seinen Gesellen des Heiltums und zeigte es ihnen. Die andern aber hatte auch jeglicher ein Bein und hatten eben das zugesagt wie der erste: sie wollten schweigen. Und selbst der fünfte hatte ein Bein, und als er es hörte, sprach er: »Hat denn der Esel fünf Beine gehabt?«

Heinrich Lautensack

»Palm-Esel«

Die Pension Bavaria, im alten Westen Berlins gelegen, trug ihren Namen – entgegen so vielen andern Pensionen, die sich mehr oder weniger lokalpatriotisch aufspielen möchten – zu Unrecht nicht. Da war unter den alten Pensionären – von der Pensionsmutter, einer garantiertechten ›Nirnbärcherin‹, natürlich nicht zu reden – wirklich das bayerische Idiom vorherrschend. Altbayerisch, schwäbisch, steinpfälzisch, fränkisch und rheinpfälzisch ... es war wie eine winzige bajuwarische Insel inmitten der fürchterlichen preußischen See.

Wie Frau Behaim – denn so echt altnürnbergerisch schrieb sich die Pensionsinhaberin – das in dem großen Berlin eigentlich anstellte, daß sie immer wieder fast nur Bayern zu beherbergen und überhaupt zu verpflegen erhielt? Diese Frage geht leichter zu beantworten, als man vermuten möchte. Denn erstens stand es direkt standesamtsnotorisch fest, daß die meisten der Pensionskinder nicht eher wieder auszogen, als bis sie sich einmal verheirateten! Und zweitens (und drittens und viertens und fünftens) – weißt du, was du tun würdest, wenn du ein einspänniger Bayer in Berlin wärst und da von ungefähr das Wort ›rohe Kartoffelklöße‹ nennen hörtest? Ach, wer kein Altbayer ist, der faßt es einfach nicht, welch eine magische Anziehungskraft etwa das Wort Behaim in Verbindung mit dem Wörtchen Leberknödel auszuüben vermag! Ganz zu schweigen davon, daß ein jeder für länger oder kürzer in Berlin sich aufhaltende ›Schwab‹, sowie der ›bei Behaim heut Spätzle!‹ vernimmt, eher eine Autodroschke chartert, als daß er selbst nur vom Leipziger Platz bis zur nahen Pension Bavaria zu Fuß eilen möchte!

Die Liebe geht durch den Magen – sagt man. Für ein richtiges Bayernherz aber tat das die Pension Bavaria noch viel, viel, viel mehr! Und man darf mit Fug behaupten, daß die gesamte Kolonie ›Bayern in Berlin‹ nicht halb soviel Köpfe heut zählte, wenn – im alten Westen Berlins – vor mehr als zehn Jahren nicht jene Bavaria sich aufgetan hätte.

Daß in dieser Pension auch Sitten und Gebräuche, die man sonst außerhalb der blau-weiß angestrichenen Grenzpfähle kaum kennt, hier – mitten in Berlin! – hochgeehrt und festlich begangen wurden, das ist nach allem, was ich vom Küchenzettel verriet, unbedingt selbstverständlich. Und unter diesen Sitten und Gebräuchen aber – und das schier mit an erster Stelle – glänzte der ›Palm-Esel‹. Das ist eine lächerlich machende Würde, die derjenige – und gleich fürs ganze Jahr – zuerteilt erhält, der am Palmsonntag als von allen Personen des Hauses am längsten in den Federn liegend angetroffen wird. Und – nein, das ist eine schändliche Würde! Das ist ein ›Orden der langen Ohren, am grauen Bande zu tragen‹, für den sich ein jeder heftig bedankt. Und wer nur ein einziges Mal diese entsetzliche Auszeichnung zu ertragen verdammt war, der opfert zum nächsten Palmsonntag lieber die ganze Palmsamstagnacht und getraut sich vorsichtig und gewarnt erst gar nicht in die schwellenden Kissen, eh er noch mal ein Jahr dran zu schleppen haben soll.

»Palm-Esel! Palm-Esel!« Nach ›Palm‹ dieses erste ›E‹ sehr betont und sehr lang gedehnt – das Fräulein Tochter der Mutter Behaim war sozusagen Virtuosin auf diesem ›E‹! –, und am verspäteten Frühstückstisch sodann so recht sinnige Anspielungen und Anzüglichkeiten auf diese vorösterliche Dekorierung: als wie eine Distel auf einem Kuchenteller, ein halblebensgroßes Eselsohr in der Serviette und was dergleichen holde Hänseleien mehr sind, und worinnen ebenfalls das Fräulein Tochter der Mutter Behaim eine Meisterin war – ach! Kein Bayer in ganz Berlin konnte ein herzzerreißenderes Lied davon singen als der ehr- und tugendsame Sebastian Weishäupel, seines Zeichens zweiter Buchhalter bei der Wach- und Schließgesellschaft Berlin!

Fünf Jahre wohnte der nun schon in der Pension Bavaria – und vier Palmsonntage war er nun schon als allerletzter erwacht! Vier Jahre lang liebte er nun schon das Fräulein Tochter der Mutter Behaim – und all die vier Mal war er der ›Palmesel‹ geworden! Ob das diesen nahen fünften Palmsonntag wieder der Fall sein würde?

Nun soll man aber nicht denken, daß Sebastian Weishäupel sich allabendlich etwa eine solche Bettschwere antrank, daß ihm den andern Morgen keins der oft bewährten Mittel aus den Daunen half. Und es war hinwiederum auch nicht, daß er als zweiter Buchhalter der Wach- und Schließgesellschaft vielleicht in der Nacht Dienst hatte. Nein – da mochte in allen Bureauräumen mit noch so riesigen Lettern die Devise angeschlagen sein: ›Wir schlafen nicht!!!‹ – auf Sebastian Weishäupel hatte das nicht den geringsten Bezug. Oder vielmehr und im geraden Gegenteil: Sebastian Weishäupel, der schlief sehr wohl, ja, der schlief nicht nur für zweie, wie man zu sagen pflegt, sondern der schlief schier für das gesamte nachtwachende Personal. Und das war bei ihm schon seit seiner frühesten Kindheit so – und darum war er auch, solange er denken konnte, Jahr für Jahr immer wieder der ›Palm-Esel‹ gewesen! – Es gibt solche Menschen, die inmitten einer konzertierenden Regimentskapelle hart neben der großen Trommel und Tschinelle nicht aufwachen, und man hatte namentlich mit dem großen neuen Pensions-Grammophon an seinem Bett verschiedentlich die Probe aufs Exempel gemacht: Sebastian Weishäupel schlief zwar außer an Sonn- und Feiertagen durchschnittlich nicht länger als acht bis zehn Stunden, aber eh ihn nicht zu Anfang der neunten bzw. elften die versammelte Pensionsdienerschaft aus seiner kataleptischen Starre entriß, eher hätte man oft eine ausgewachsene Feuerspritze herbeirufen mögen.

In den ersten Tagen des Februar (nicht zuletzt von wegen einem Hausball, einem Münchener Salvatorabend, dem Geburtstag von Fräulein Annemarie Behaim usw., welche Feste nicht immer auf einen Feiertag fielen) hatte Sebastian Weishäupel dieserhalb sogar einen Nervenarzt konsultiert. Aber der sagte einfach (er war ein Berliner!): »Seien Sie doch froh, Mann! Sie sind um die abgründige Tiefe Ihres Schlafes direkt zu beneiden! Höchstens daß Sie zum Nachtredakteur weniger taugen, oder zum Apothekerprovisor ... aber Sie haben ja Ihre todsichere Stellung und – und – na, ich wollt', ich hätt' solche Nerven wie Sie! Wenn ich Ihnen zum Schluß das eine raten kann, dann versuchen Sie's mal 'n bisken mit Heiraten ... ah, Sie haben schon stark daran gedacht??«

Aber daß sein Schlaf nun nach der Aussage eines Arztes nicht einmal krankhaft, sondern höchstens ein wenig allzu gesund war, das interessierte unsern Sebastian Weishäupel viel weniger, als daß derselbige Nervendoktor in Verbindung damit ebenfalls sogleich aufs Heiraten gekommen war. Was mochte da bloß für ein gewisser verborgener Zusammenhang sein? – Heiraten! – Sebastian Weishäupel verspürte plötzlich einen Mut... und er würde ja nun – zu Anfang dieses Sommers – auch bereits vom zweiten zum ersten Buchhalter aufrücken... aber nein, nein, nein! eh er diesen entsetzlichen zeckengleich haftenden Wanderpreis, ›Palm-Esel‹ genannt, nicht von sich abgewälzt haben würde, eher durfte und wollte er sich auch Fräulein Annemarie Behaim nicht erklären. Hatte die schon so lange auf ihn gewartet (denn das tat sie!), so konnte sie auch die schmale Spanne bis zu Ostern noch ausharren.

Und Sebastian Weishäupel geriet wieder einmal auf die allerabenteuerlichsten Ideen, ob er sich nicht eine Extra-Weckeruhr bauen lassen oder ob er es nicht gradaus mit einem medizinähnlichen einzunehmenden also innerlich wirkenden Mittel (auf Stunden genau berechnet!) versuchen sollte – da war im März ein junger Doktor – Rheinpfälzer –, der bislang in der Irrenanstalt Herzberge als Assistenzarzt tätig gewesen und nun aber heiraten und dann eine Praxis anfangen wollte, in die Pension Bavaria eingezogen. Und ein paarmal hatte der des Abends in der Pension ein paar leichte hypnotische Kunststücke vorgeführt. Und seltsam! – gerade der immerwährende ›Palm-Esel‹ Sebastian Weishäupel hatte sich dabei als das beste Medium herausgestellt! Der verfiel schier von selber in Schlaf, ohne daß der junge Hypnotiseur viel zu tun brauchte – aber das allein wär bei Sebastian natürlich kein Wunder gewesen! –, sondern Weishäupel führte dann auch aufs exakteste die kleinen kniffigen Aufgaben aus, die man ihm gestellt hatte. Und dieses ›Mediumistische‹, an das vorher keiner weniger geglaubt hätte als Weishäupel selbst – dieses Mediumistische war es dann, das Sebastian im wahrsten Sinne des Wortes ein paar Tage nicht schlafen ließ – und selbst dieses letztere betrachtete er, aus allem Unglauben rasch in vielen Aberglauben verfallend, als ein ›gutes Omen‹.

Die Nacht zum heutigen Palmsonntag hatte sich bereits die ganze Pension gute Nacht gesagt, als der rheinpfälzische Doktor noch so spät bei seinem hervorragendsten Medium anklopfte und mehr als geraume Weile bei ihm verblieb ...

War nun dieses späte Aufbleiben die Schuld, daß selbst die Hypnose am Abend nichts vermochte und Sebastian Weishäupel am Palmsonntagmorgen noch länger in den Federn befunden ward als all die andern Palmsonntage bevor? Solche Fragen stellte sich unser Buchhalter – noch nicht ganz aufgewacht, während es um ihn herum kicherte, krähte, miaute, lächerte, bellte und i-ate: »Palm-Esel! Palm-Esel!« Und dann mit einemmal stieg ein ungeheurer Verdacht in ihm auf: sollte der verflixte Doktor im Bunde mit allen andern ihm den heurigen Palm-Esel noch eigens suggeriert haben?! Einige Andeutungen der ihn umtanzenden Bande bestätigten das schier.

Und aber da trat – er war noch im Schlafrock – Fräulein Annemarie Behaim herein und auf ihn zu; legte die Arme um seinen Hals und sprach grad wie Titania im Sommernachtstraum zu Zettels Eselshaupt zu ihm -

»Fräulein Annemarie – « stotterte Sebastian.

»Ja, aber was hast du denn, mein lieber, lieber Wastl! Wir sind doch verlobt seit heute früh – « beharrte Annemarie und küßte ihn vor allen andern.

»Tut mir leid!« zappelte unser Weishäupel. »Davon müßt' ich doch auch was wissen!«

Aber da nahmen alle gegen ihn Partei und standen fest zur beschämten Braut. Sie seien sämtlich Zeugen dafür, daß keiner heut morgen eher wach gewesen sei als er! Und was er für einen Lärm vor allen noch verschlossenen Türen und zu allen Schlüssellöchern hinein angestellt habe! Und dann habe sich die Stunde als noch so zeitig erwiesen, daß nicht einmal der Kaffeetisch noch gedeckt war – und aber »das macht fast gar nichts!« habe er in einem fort geschrien und vor versammeltem Publikum dann an Fräulein Annemarie eine Ansprache gehalten, die darin gipfelte, daß ein Heiratsantrag, der so früh gemacht werde, doch nie und nimmer zu spät kommen könne! Ja, und dann habe er erst Annemarie herzhaft abgeküßt und hierauf Mutter Behaim zärtlich umärmelt – und wenn er nun tue, als ob er das alles nicht mehr wisse, dann sei er einfach ein ganz gemeiner Kerl –

»Und wie dann endlich der duftende Kaffee kam«, schloß ein Freund Weishäupels, »da warst du mit einemmal verschwunden. Zuerst gebot uns ein ganz natürliches Anstandsgefühl, daß wir eine Weile warteten, wie's dann aber doch zu lange dauerte, da suchten wir dich... Und nun sag uns ehrlich: Bist du wirklich ein solcher Schuft, daß du dein Verlöbnis wieder ungeschehen machen wolltest – oder hast du dich nur wieder ins Bett gelegt, damit dir dein Palm-Esel nicht auskommt?«

Sebastian Weishäupel, erster Buchhalter der Wach- und Schließgesellschaft, weiß heute noch nicht: War damals alles Hypnose oder nichts? – Ja, wenn er seine verzwickt-lächelnde Frau Annemarie anschaut, dann steigt's ihm oft siedend heiß auf: Wie? wenn ich am selbigen Morgen überhaupt nicht aufgewesen wäre und die anderen hätten mir blödem Palm-Esel das alles nur eingeredet –?? Aber gleichviel: und wenn er sich in Wirklichkeit niemals verlobt haben sollte, verheiratet ist er doch nun richtiggehend! Und das macht sich immer besser – als umgekehrt.

Friedrich Heinrich von der Hagen

Eine vorösterliche Enthüllung

Ein Mann wohnte vor einem Walde, fernab von der Kirche. An einem Palmsonntage, da tiefster Schnee lag und alle Leute zur Beichte gingen, machte der Mann seiner Frau, von der er viele kleine Kinder hatte, den Vorschlag, weil die Wege so verschneit wären, sich daheim gegenseitig zu beichten und zu sühnen. Die Frau willigte ein, kniete vor ihm, beichtete: als im vorigen Jahr ihr junger Herr gegen sie beide sehr erzürnt gewesen, habe sie ihn zu sich gelegt, so daß er ihm gnädig geworden; der Amtmann Heinrich, der ihm auch Schaden getan, habe zur Erntezeit sie beredet, ihn in ihre Stube zu lassen und seinen Willen zu tun; auch ihr Nachbar Kunz habe sie, als sie vom Brunnen gegangen, zu seinem Willen verleitet; und auf dem Wege zur Mühle habe ein Pfaffe sie angehalten und bewogen, ihm zu Willen zu sein.

Auf des Mannes Frage, ob das alles sei, beteuerte sie es, und gelobte Besserung, und der Mann bog sie in seinen Schoß, gab ihr drei kleine Stöße und verzieh ihr in Gottes Namen die Schuld.

Sie forderte hierauf seine Beichte und er versicherte, so lange sie sein Weib, sei er ihr nicht untreu gewesen, außer einmal, da ihr Dienstmädchen Adelheid am Feuer gelegen in einem feinen Hemde, durch welches ihr Leib so lieblich geschienen, daß er seinen Willen mit ihr getan habe.

Da schalt das Weib laut den treulosen Mann, ergriff ihn bei den Haaren, zog ihn zur Tür hinaus, und schlug ihn mit dem verkehrten Besen.

Die Eselsbeichte

Es geschah in einer Palmwoche, da kamen drei Kumpane durch das Land gestrichen: ein Fuchs, ein Wolf und ein Esel. Die drei hatten vereinbart, daß jeder seine Beichte ablege, so aufrichtig er könne. Der Wolf begann da in großer Zerknirschung, als erster zu beichten und sprach: »Ich bin ein großer Räuber, ein Landschaden, der niemandem zuliebe lebt. An Gier ist mir keiner gleich, ich verschone nicht Ochs noch Roß, darum wäre ich des Galgens wohl wert. Schafe, Rinder und Ziegen habe ich mehr gefressen, als irgendein Hirte wissen mag. Ach, Esel, lieber Freund, ich habe auch Sünde an Euch getan! Einmal biß ich Euren Bruder, ich fraß Euren Vater und fast Euer ganzes Geschlecht. Das sollt ihr mir vergeben, denn ich werde es nicht mehr tun, wenn mir Gott das Leben gönnt. Eine Sau sah ich einst allein gehen, die hatte zehn Ferkel, ach, sie wären alle vor Frost und Hunger gestorben, niemand hätte sie retten können, darum schlang ich sie hinein wie Erdbeeren. Nun, lieber Fuchs, für diese Sünden und andere, die mir eben nicht einfielen, sollst du mir eine heilsame Buße auflegen.« Er fiel ihm zu Füßen, der Fuchs aber hob ihn auf und sprach: »Gemach, Bruder! Wer mag auf Erden ohne Sünden leben, und wer ist so verworfen, daß er den armen Kleinen den Hungertod gönnte! Auch ist es kein Diebstahl, wenn du deinen Jungen ein Schwein bringst, denn die fressen ja das Korn und schädigen den Bauern. Und die Ziegen benagen die Sprossen, mit denen sich mancher Mensch genährt hätte; kannst du so großen Schaden steuern, so ist das ein gutes Werk; sollte das Land deiner entbehren, wer möchte dann das Korn schützen? Ist das Raub, wenn du das gemeinsame Land verteidigst? Und dennoch eilen sie dir mit Keulen und Stangen nach, sooft du dich blicken lässest. Es ist nicht deine Schuld, deine Reue würde sie tilgen. Aber das soll deine Buße sein, daß dich die Bauern hassen.« – »Das will ich annehmen«, sprach der Wolf, »und das beste im Sinne haben.« Hiermit schwieg er still und ging wieder sitzen. – Darauf fiel der Fuchs nieder und sprach: »Vater und Herr, ich habe gesündigt, daß alle Leute mich zeihen, daß ich ein Schalk sei. Das ist zum Teil wahr, ich habe manches Jahr der Schalkigkeit gepflogen, ich kenne Listen genug und bin untreu in allen Dingen. Einst lag ich, als ob ich tot wäre, die Zunge hing mir aus dem Halse, da flogen viele Krähen zu mir und gedachten sich an mir zu sättigen. Aber es geschah umgekehrt: ich fraß sie in meinen Bart. Auch ging eine Henne mit sechzehn Küchlein allein des Weges, da schwang sich ein Weih über ihnen; wäre ich nicht dabei gewesen, sie hätten sich nicht retten können. Deshalb schlang ich sie in meinen Kragen, und sie gingen hinunter wie Preiselbeeren. Enten, Gänse und Hühner, die habe ich verurteilt ohne Maß, doch hoffe ich, daß ich das in Zukunft lasse, wenn Gott mir die Gnade dazu gibt. Um dies und meine Sünden alle zusammen bitte ich dich, Meister und Vater, daß du mir eine heilsame Buße befiehlst.« Da sprach der Wolf: »Lieber Knecht, das halte ich fürwahr für übertrieben, daß dich die Tötung der Enten, Gänse und Hühner als böse Tat dünkt. So wahr ich lebe! Das Volk tut dir oft Leids, und du lebst in voller Fehde mit den Menschen. Die Leute wollen dein Fell zu ihrem Kleide, und die Frauen begehren deine Hosen. Wenn du ihnen dafür Ochsen und Pferde aus dem Stall zögest, so wäre das Kriegsrecht. Werden die Hirten deiner gewahr, so jagen sie dir mit den Hunden nach, und verliert auch nur ein Mann durch deine List ein Huhn, ergreift er dich dafür, so mußt du den Pelz lassen. Niemand gab so guten

Tausch als um ein Huhn Fell und Leben. Darum ängstige dich nicht wegen der Sünde, sondern stehe auf und laß den Esel sprechen!« – Der Esel glaubte, nie so milde Beichtiger gefunden zu haben. Während der Fuchs sich, züchtig wie eine Jungfrau, wieder niedersetzte, fiel jener auf die Knie und sprach mit großer Zerknirschung: »Ich bin dumm, faul und träge, oft ging ich auf breiten Straßen dem Zaun so nah, daß der Sack, den ich trug, zerriß und das Korn in den Dreck fiel. Ich habe meines Vaters Gebeine bepißt, das muß ich als große Sünde bekennen. Ich habe meines Herrn Kohl benagt und das Gras, das ihm gar nicht gehörte. Wollte mir einer einen Sack auflegen, auf daß ich ihn trüge, so schlug ich nach ihm: dafür verdiente ich wieder Schläge. Einst ging ich an einem Morgen früh meiner Wege, da kam mir ein Pilgrim entgegen, dem hing das Stroh aus seinem Schuh, das biß ich alles ab und er zieh mich keiner großen Schuld.« Da rief der Wolf ungeduldig: »Des Todes hast du dich verschuldet! Dachtest du unseliger Wicht nicht an das Kreuz und an den Frieden, der alle jene schützt, die zu heiligen Stätten fahren? Alles was du sonst getan hast, das wollen wir dir hingehen lassen, aber diese Sünde ist so groß, daß du von Recht tot bleiben mußt. Das war Gotteslästerung und Raub zugleich: dem Elenden tatest du Leids, Weh und Schaden seinen Füßen. Der Galgen gebührte dir dafür, aber aus Rücksicht auf dein Geschlecht, das durch diese Todesart geschändet würde, wollen wir dir die Gnade erteilen, daß du von unseren Zähnen sterben darfst.« Also griff er ihn bei der Kehle und der Fuchs bei den Zehen, und sie fraßen ihn auf bis auf die Knochen.

Geistreiche Fastenbeichte

Es ist an vielen Orten noch der Brauch, daß man in den Fasten das gemeine Volk zu der Beichte ermahnt, namentlich in der Karwoche: so ist man dann ein wenig geistlich. Wenn nun die Ostern vorbei sind, so ist der Geist auch weg; denn so jagen wir den Judas über den Zaun und gehen zu allen Kirchweihen; so muß Zachäus leiden gleichwie Judas in der finsteren Mette: mit dem und über den man schreit, singt, polztert, wenig aber wird das Leiden Christi bedacht. Also predigt man von Zachäus auf allen Kirchweihen, niemand aber folgt ihm in den Werken nach. Zachäus stieg auf den Feigenbaum, damit er den Herrn sehen möge, und als er von ihm herabgerufen wurde, verließ er alle Wollust dieser Welt und folgte dem Herrn nach. Wir aber sind jetzt und eines anderen gesonnen; denn sobald ich und keine andere mehr das Evangelium von Zachäus haben verkünden hören, verlassen wir den Herrn und sein Wort, laufen alsbald aus der Kirche dem Schlemmen zu. So geht es auch mit der Beichte. Ein jeder meint, wenn er nur den Leuten die Augen zu blenden vermag, habe er schon genug getan. Also ging es auch mit dieser guten Frau; die kam vor den Beichtvater, erzählte ihre Sünden ganz einfältig. Zuletzt, als sie nichts mehr wußte, fing er an, sie zu fragen, aber ganz unnötige Sachen. Unter anderen Fragen war dies die eine, ob sie auch in den Fasten Eier und Fleisch gegessen hätte. Sie sagte: »Ja, Herr, aber nicht die ganzen Fasten.« Der Beichtiger sagte: »Liebe Frau, Ihr habt eine große und schwere Sünde begangen; ihr hättet denn solches von unserem Heiligen Vater, dem Papst, erkauft.« – »Ach«, sagte sie, »mein lieber Herr, ich habe nie gewußt, daß der Heilige Vater auch Eier und Fleisch feil hat, sonst wollte ich ihm mein Geld eher und lieber gegönnt haben als unseren Metzgern; sie lassen mich allemal so lange an der Fleischbank stehen, es sollte eins das Fleisch nicht geschenkt nehmen.«

Dies war gleich eine Antwort, wie sie gefragt worden war; wozu aber solche Beichten dienen, lasse ich einen anderen, der die Sache besser versteht als ich, aushecken.

Franz Freiherr von Gaudy

Italienische Askese

Die tatenreichste Periode des Friggitore ist eigentlich die Quaresima, jene trostlose Fastenzeit, welche mit Aschermittwoch beginnt, den Magen mit Stockfisch und Ölbackwerk kasteit und bis zum Ostersonntag anhält. Der Glanzpunkt wiederum dieses Abschnitts ist der St. Josephstag, welcher auf den 19. März fällt.

San Guiseppe, der Schutzpatron der Hahnreie (ein Patronat, welches er wahrscheinlich überhäufter Geschäfte wegen mit San Martino teilen muß), ist auch der der Friggitori. Schon schmücken sie die Pfosten ihrer Straßenbuden mit bunten Bändern und Streifen farbigen Papiers, und behängen sie mit vergoldeten Büffelkäsen und bunten Papierballons. Der Friggitore und seine Gesellen stehen in leidlich weißen Jacken, Schürzen und Nachtmützen hinter dem Tisch, auf welchem riesige Haufen Frittellen, ein rundes taubeneiergroßes, aus Mehl und Oel bereitetes Backwerk, neben gebackenen Fischen und andern Fastenspeisen ruhen, schöpfen aus dem ewig brodelnden Kessel, in welchem sie Mehl mit vollen Händen streuen, und haben Mühe, die heißhungrige Schar zu befriedigen. Auch der ärmliche Friggitore entbehrt nicht der Kunden, denn am folgenden Tage ist es Gewissenssache Frittellen zu essen, und jeglicher, welchem der heilige Joseph seinen Namen verlieh, ist verpflichtet, seine Angehörigen und Freunde mit Frittellen zu traktieren. Die reicheren Pfannenbäcker verfehlen nicht, ihre tragbare Küche auf das lockendste aufzuputzen, um Nase, Mund und Augen gleichzeitig zu fesseln. Es fehlt nicht an buntbemalten Gipsstatuen von Kindern, Mohren und Türken zwischen den rauchenden Schüsseln, und um dem denkenden Frittellen-Esser zu der leiblichen auch die geistige Speise zu reichen, werden die Pilaster der Bude mit Sonetten behängt ...

Ich wende mich nunmehr zum Pizzicaruolo, welcher die böse Fastenzeit über in Sack und Asche trauerte, und nur von den Subsidien der Ketzer und dispensierten Kranken existierte. Sogar seine Waren verlockend zur Schau zu stellen, und durch den Anblick der leckern Speisen rechtgläubige Christen in Versuchung zu führen, untersagt ihm während der Quaresima das Gesetz. Er benutzt die langweilige Frist, um Vorbereitungen zum

Osterfeste zu treffen, seine Bude auf's glänzendste auszuschmücken. Schon drei Tage vor dem Feste wird sie geöffnet, um, beleuchtet von Hunderten von Lichtern, den Augen einen Vorgeschmack von den Osterfreuden zu gewähren. Es ist das Zierlichste, was man sich in diesem Genre denken mag.

Der Italiener, welcher für jegliches Dekorationswesen ein entschiedenes Talent hat, weiß auch den kulinarischen Gegenständen, welche wir nur nach ihrem innern Wert schätzen und denen wir außer der Tafel keinen Blick gönnen, ein gefälliges Ansehen zu verleihen, und so wird es denn in Rom zur Modesache, so wie bei uns auf dem Weihnachtsmarkt oder in Putzhandlungen, von Pizzicaruol zu Pizzicaruol zu wandern, und sich an dem geschmackvollen Aufputz zu freuen.

An jenen Abenden ist die Bude des Pizzicaruol ein wahrer Tempel des Comus. Riesige Parmesankäse mit braunen Rinden stehen, zu Säulen aufgetürmt, längs der Wände. Ein buntbemaltes Papierband mit Goldflittern schlingt sich um die Kolonne. Die obere Hälfte der Wände nehmen Speckseiten ein, ebenfalls mit grellen Farben und goldenen Rosetten verziert. An der Decke hängt Wurst an Wurst, deren keine des Ordens eines Goldsterns entbehrt. Girlanden von caccio cavallo, jenem Straußeneiern gleichenden Käse, schwingen sich durch Lorbeer verflochten von Pfeiler zu Pfeiler. Über dem Eingange hängt ein Kronleuchter von dünnen gelben Fettschläuchen. Tausende von Eiern liegen regelmäßig neben einander geschichtet in einer abschüssigen Rinne; am Ende derselben ist ein beleuchteter Spiegel angebracht, welcher die Eierstraße in's Endlose fortführt. Im Hintergrund der Bude hängt entweder das Bild der Madonna, oder ein gewaltiger vergoldeter Käse unter einem Baldachin von buntbemalten aneinander gereihten

Lichtern, und auf einem reich drapierten Altar stehen Statuetten von Butter, welche aus den Händen italienischer Bildhauer hervorgehen und nicht zu ihren schlechtesten Arbeiten gehören. So sah ich an der Piazza della Rotonda den Verkauf Josephs von seinen Brüdern. Es waren etwa 15 anderthalb Fuß hohe Figuren, ohne die Kamele und andere Tiere – alle waren vortrefflich gearbeitet und erinnerten mich an das Zauberfest, welches in Blumauers travestierter Äneide Dido dem Äneas gab, wo es als nec plus ultra der Herrlichkeit heißt:

Und oben auf der Torte stand
Äneas ganz von Butter.

Doch auch das Schöne muß vergehen, und um alle diese Pracht und Herrlichkeit zu zerstören, genügen dann nur wenige Stunden. Kaum ist der erste Ostersonntag, welcher schon am vorigen Tage durch Kanonendonner von der Engelsburg, aus allen Fenstern abgeschossene Flinten, Petarden, durch das Läuten der Glocken und Zertrümmern alter Fastentöpfe verkündet wird, angebrochen, und der Sturm auf die Feste des Pizzicaruolo beginnt. Der Kommandant schreitet unverzüglich zur Unterhandlung, und spätestens bis Mittag ist die ganze Zitadelle eingenommen, mit Wällen und Mauern verspeist. Von altrömischer Kraft und Tapferkeit blieb den Enkeln nur die der Kau- und Verdauungswerkzeuge – vor diesen aber müssen die andern Völker des Erdballs die Waffen strecken.

Heinrich Lautensack

Knödellose Tage

... was? Während der Kartage? Gründonnerstag, Karfreitag und -samstag? – Ja also, da mag wohl ein Schneider, Schneider meck meck meck, wie sein verwitweter Schwiegersohn, der Joseph Pfeiffer einer ist, arbeiten, was das Zeug hält – indessen Er, der Seilermeister Joseph Mader, nun und nimmermehr!

So eine Schneidergeiß – einmal abgesehen davon, daß sie allen rechtschaffenen Menschen zu Ostern bestimmt das längst zugeschnittene neiche Sonntagsg'wand ... aber auch ganz bestimmt fertigzumachen und durch einen der zahllosen Laus- und Lehrbuben noch rechtzeitig ins Haus zu liefern hoch und heilig sich verschworen hat (und dabei mit all den frevlen Versprechungen, wenn's gut geht, nicht eher zu Rande kommt, als bis zum Pfingstmontag!) – so eine Schneidergeiß nämlich hat ein stillsitzend's Handwerk, und darin liegt der Unterschied. Und falls sie dennoch hin und wieder in die Höh' hupft, recht wie ein Floh vorm heißen Bügeleisen, so ist das sehr einfach ihre rein persönliche Sach' und ureigenstes Privatvergnügen. – Dahingegen –

Dahingegen, was ein ehrsamer Seilermeister ist – ja, der muß halt in der Ausübung seines spinnenden Berufs rennen, rennen, rennen, als ob's alleweil zum Löschen ging – hin und zurück – und dabei zurück noch viel mehr wie hin –

Und dazu taugt drei Tage lang nur ewig Fastenspeis' beileibe nicht – beileib! Drei Tage lang nur immer Pamp und G'schlamp! Drei Tag' völlig und hintereinand' Fleischenthaltung und dafür am Gründonnerstag eine Suppen aus Kuhfutter und Spinat und sonst einen Schmarren, am Karfreitag eine Brennsuppen und einen

»toten Fisch«, und am Karsamstag gar eine Wassersuppen und – und – und vielleicht wieder einen Schmarren!

Nein also, was justament ein Seilermeister ist, der braucht, damit's anhält im Magen und nicht gleich durchfällt in 'n Darm, Tag für Tag Knödel: Knödel in der Suppen erst und alsdann dito zum Fleisch! Schön rosa Knödel in der goldenen Boullion, schön rosa Knödel zu der jeweiligen Stillebenkomposition aus G'müs' und Fleisch! Das Menü diktierte eiserne Notwendigkeit – vierzig Jahr Ehe nunmehr bis auf den heutigen Datum ... auf solche tägliche Knödelmanufaktur sind die Schienen der Arme und die Scharniere an den Händen seiner Ehealten eingestellt und funktionieren nunmehr bereits wie im Traum...

Das heißt, einen fleisch- und knödellosen Fasttag Woche um Woche, den Freitag, den hat man regelmäßig das ganze Jahr und hält ihn, seit man denken kann, denn man ist kein abscheulicher Heide nicht. Aber das ist nur ein Siebteil pro Woche, und auf die anderen sechs Siebtel kommen je drei bis vier Knödel. Und wenn außer der Reih' ein Quatember sich grad meldet – aber solche Quatember liegen Gott sei Dank weit voneinand' und sind ihrer ja auch bloß vier Stück im Jahr ... Hingegen Gründonnerstag, Karfreitag und -samstag gleich drei Tage hintereinander und ohne Aufhören absolut in einem fort: was zuviel ist, ist zuviel.

Und so »läßt« man die drei Tag' höchstens ein paar Fünferlstrick' »zusammen« oder schwingt Werg, hechelt Hanf oder strickt an einem Netz. Schaut im Wagenschmierfaß nach oder siedet Roßhaar aus ... indes zu mehrerer Arbeit verpflichtet man sich fein nicht, denn bei solcher Nahrungsweis' hielte das die kräftigste Konstitution nicht aus! – Und die übrige Zeit geht man in die Metten, in den Psalm oder in die Litanei in die Pfarrkirchen hinunter, ohne daß einen die Frau einmal besonders schicken braucht, besucht's heilig Grab mit den unzähligen dunkelroten, dunkelblauen, dunkelgrünen Öllampen um den elfenbeinern herscheinenden Erlöserleib – oder klopft beim Schneider, Schneider meck meck meck im ersten Stock an (worauf der zittert, es sei eine ganz andere Kundschaft) und tut die unschuldige Frage an den verwitweten Herrn Schwiegersohn, ob man seinen eigenen, letzte Weihnachten bestellten neichen Sonntagsrock ja auch fein g'wiß zu den nächsten Adventtagen bekäme.

Und geht überhaupts herum – wie nur ein Wüstentier in der Menagerie, eh daß Fütterung ist! –

Antlaßbräuche

Der Gründonnerstag wurde früher auch Antlaßtag genannt, da an diesem Tag die Büßer aus der Buße entlassen wurden. Deshalb nannte man Hühnereier, die am Gründonnerstag gelegt wurden, in Bayern Antlaßeier.

Sie wurden am Ostertag zur Eierweihe in die Kirche getragen. Dann wurde jedem Dienstboten, vorzüglich den Knechten, ein Antlaßei gegeben, damit sie bei schweren Arbeiten, beim Heben und Tragen nicht Schaden leiden würden. Die Eierschalen wurden auf die Felder gestreut. Ein Antlaßei wurde in dem größten Weizenacker eingegraben und links und rechts ein geweihtes Brandkreuzl gesteckt. Wer das nicht tat, dem verdarb Hagelschlag und Brand die Frucht, glaubte man.

Das Antlaßkränzl wurde aus vielen Blumen gemacht, welche auf dem Rain wuchsen und am Gründonnerstag geweiht wurden. Wenn die Frau das Kränzlkraut zur Weihe in die Kirche brachte und dort in das Körbchen legte, sprach sie: »Hab wohl vertraut der Lieben Frau mein Kränzlkraut!« Wenn sie das Antlaßkränzl, das Antlaßei, ein Bröckl Brot und ein Brösl Krên in die erste Garbe einband, sprach sie: »Gott wird uns wohl bewahr'n, das ist unsere erste Garb'n.« Damit der Bilschneider (ein langes, hageres, äußerst häßliches Gespenst, welches in einer Berghöhle wohnt und die hochstehenden Saaten mit Messern an den Füßen durchwatet) nicht schade, sprach sie: »Ein Sprung, zwei Sprüng, macht der Bilmerschnitt wieder ein Ring!« Unter einem Ring verstand man, was die Sichel in ihrer kreisförmigen Bewegung mit einem Male abschneidet.

In Loching in Niederbayern verwendete man für den Garbenbrauch ein rotes Gründonnerstagsei, ein Kränzl und geweihtes Salz. Dies alles wurde mit einigen Tropfen Johanniswein begossen, in ein Päckl zusammengebunden, in die erste Garbe gelegt und, wenn abgedroschen ist, ins Ofenfeuer geworfen.

Das Antlaßkreuz war ein am Ostersamstag geweihtes Birkenreis, eine Handspanne lang, welches unten zum Einstecken in den Boden zugespitzt und am oberen Ende kreuzweis gespalten war. In diese Spalten wurde ein kleiner Span vom Säbenbaum und ein Palmzweig mit Samenkätzchen (Palmmudeln) gesteckt, so daß, wenn das Birkenreis aufrecht steht, die beiden letzteren im waagrechten Sinne ein Kreuz bilden, welches man Antlaßkreuz nennt. Man steckte es in die Mitte eines jeden Akkers und begoß es mit Johanniswein.

Zum Gründonnerstag gehörten auch bestimmte grüne Speisen, so z. B. das Gründonnerstagsmus, das aus neunerlei frischen Kräutern zusammengesetzt war. Auch bereitete man Eierkuchen, mit neunerlei grünen Kräutern. Leckerei war mit dem Volksbrauch nicht verbunden.

Man glaubte sich durch den Genuß des Gründonnerstagskrautes vor Bezauberung zu schützen. Die einzelnen anzuwendenden Pflanzen waren vom Herkommen bestimmt: Bachbungen, Brunnenkresse, Schlüsselblumen, Holundersprossen, Gierenblätter, Frauenmantel, Lauch, Nesseln, Kukuksmus (oxalis).

Auch in Schlesien war der Gründonnerstag mit besonderen Speisen verbunden. So war es in allen schlesischen Marktflecken und Städten an diesem vierten Tag der »stillen und großen Woche« Sitte, den Honigmarkt abzuhalten. Und selbst auf der Straße konnte man die Jungens und Mädels mit der »Honigschnitte« in der Hand sehen, die ihnen so gut schmeckte, daß selbst bis zu den Ohren hin alles mitzuschlecken schien. Unbedingt mußte die Mutter auch an diesem Tage die berühmte, meist aus siebenerlei Kräutern bestehende Suppe kochen, die alle Kraft der Natur enthalten sollte.

Gründonnerstag nachmittags, wie auch am Karfreitag, zog eine lärmende Kinderschar mir hölzernen Klappern und Schnurren durch den Ort, um das Geläute der trauervoll schweigenden Glocken zu ersetzen. Da erklang vor so manchem Haus das Sprüchlein:

Wir sind die Osterklapperschar,
Wir kommen einmal nur im Jahr,
Wir bitten schön um kleine Gaben,
Weil wir so schön geklappert haben.

Als Dank für die freundlichen Gaben gebackener Birnen, Äpfel und Pflaumen, vor allem aber für die auf der Zunge so sanft hinschmelzenden Schaumbrezel, die der schlesische Bäcker nur in der Osterzeit herstellte, ertönte es dann:

Wir danken sehr, wir danken schön!
Wir wollen wieder weitergehn.
Wir ziehen vor des Nachbarn Haus
Und treiben mit den Klappern aus
All der bösen Geister Schar
Bis zu Ostern nächstes Jahr.

Die Karfreitagtänzerin

Auf einem einsamen Hofe im Naviser Tale diente eine Bauerndirn, deren ganzes Wesen voller Übermut und Frechheit war. Vom Körper war sie schön, aber nicht schön von der Seele: Mit Brot und Käse ging sie um wie mit Erdklößen, sie warf ganze Laibe Brot in den Spüleimer, Butter in das Feuer, daß es stärker lodere, und die Käse stieß sie, wenn sie ihr zu schwer zu tragen waren, mit den Füßen vor sich her. Tanz war ihr liebstes, der ging ihr über alles, Alltag, Sonntag und Festtag, auch fehlte es ihr nicht an Genossenschaft zu diesem Vergnügen, Brüder und Knechte hielten zu ihr. Selbst an einem Karfreitag führte diese Sippschaft einen tollen Tanz auf; denn dieses

Volk war so roh, daß es an nichts mehr dachte, auch an nichts mehr glaubte, an heiligen Zeiten weder beichten noch speisen ging und noch weniger an den Fasttagen fastete. Mitten aber im Wirbel jenes Karfreitagtanzes erschütterte ein furchtbarer Donnerschlag die Hütte, und die Dirn fiel tot zu Boden. Die Teilnehmer enteilten bestürzt zum nächsten Orte des Bezirkes und zeigten den Fall an. Es lag noch Schnee, und es kamen die Totengräber, holten die Leiche aus der Hütte und führten sie auf einem Schlitten zu Tale, aber auf halbem Wege spürten sie plötzlich einen starken Ruck, und wie sie umschauten, sahen sie, wie der Teufel die Dirn bei den Haaren hielt und mit ihr durch die Lüfte davonfuhr.

Osterflecke

Ein Weib hätt am Karfreitag, wie es im Schwabenland Brauch ist, Fladen gebacken; wie sie's aber nicht wohl versorgt hätt, nageten ihr die Mäus in der Nacht daran. Am andern Tag tät sie in der Furcht vor ihrem Mann nach dem Rat einer Nachbarin, die sie gefragt hätt, wie sie vor den Mäusen sicher wär; die hätt ihr nämlich geraten, sie sollt andere Fladen kochen und nahe zu den Katzen legen, die alle Mäus hinwegtriebe. So tät sie auch; in der andern Nacht aber hätt die Katz selber alle Fladen gefressen, die ihr in die Hut gegeben worden.

Ein altes Rezept:

Man mache in der Mitte von zwei Pfund (1 Kilo) Mehl mit Milch und Hefe ein Dämpfchen an. Ist dies gegangen, rührt man noch Milch dazu, daß man im ganzen

½ Liter dazu genommen hat, gibt etwas Salz darunter, nebst 210 Gr. zerlassene Butter und vier Eidottern, schlägt den Teig wohl ab und walkt in vier Finger dick aus. Ist er nochmals gegangen, wird er mit Ei bestrichen, mit Zucker, Rosinen und Weinbeeren bestreut und gebacken.

Feuerzauber in der Osterzeit

In einigen Gemeinden war es Brauch, am Ostersamstag abends nach der Feier der Auferstehung den Ostermann zu verbrennen. Dies geschah beispielsweise in Giggenhausen bei Freising auf folgende Weise: Die Burschen des Dorfes verbanden eine lange Stange oben mit einer Querstange und umwickelten dieses Geripp ganz mit Stroh, so daß es einem Mann mit Kopf und ausgestreckten Armen ähnlich war. Über den Kopf befestigten sie ein Benediktenkreuz. Das Ganze war der Ostermann. Sie pflanzten ihn auf einer Anhöhe, eine Viertelstunde vom Dorf entfernt, in den Boden, steckten um ihn herum mit Stäben, je nach ihrer Anzahl, einen Kreis von 200 bis 300 Fuß im Durchmesser ab und stellten sich um diesen Kreis in gleichen Abständen voneinander auf. Kein Dorfbursche unter achtzehn Jahren durfte daran teilnehmen. Inzwischen hatte ein Bursche im Kreise, nahe dem Ostermann, eine geweihte Wachskerze aus der Kirche angezündet und hielt sie in Bereitschaft. Ein anderer, eigens dafür gewählt, gab das Zeichen zum dreimaligen Umlaufen um den Kreis. Während des dritten Umlaufes rief er: »Hottrei~!«, d. i. rechts rein! Alle liefen nun gegen den Ostermann; wer ihn und die brennende Osterkerze zuerst erreichte, durfte ihn anbrennen. Da war Jubel, bis der Ostermann ganz verbrannt war. Dann wählten sie drei aus ihrer Mitte, und jeder beschrieb mit einem Stabe dreimal einen Kreis auf dem Boden um die Asche herum, so weit sie reichte. Hierauf verließen sie alle den Platz. Am Ostermontag sammelten die Bewohner des Dorfes die Asche, streuten sie auf ihre Felder und besteckten diese zugleich mit Palmzweigen, welche am Palmsonntag geweiht, und mit Holzstäbchen, welche am Karfreitag gebrannt und geweiht worden waren, um ihre Felder gegen Schauer zu schützen.

Am Ostersamstag und Dienstag nachts geschah in gebirgigen Gegenden das Scheibentreiben. An einem Stock wurde eine Scheibe befestigt, angezündet und den Berg hinab hoch in die Luft geschleudert. Dabei wurde gesprochen: »Scheibm will i treibn ...«

Statt der Scheibe wurde auch ein altes Wagenrad gebraucht, mit Stroh umwunden, angezündet und über den Berg hinabgerollt. Den Jünglingen, welche die Scheibe trieben, gaben die Mädchen gefärbte Ostereier.

KLAUS GRANZOW

»Stiep, Stiep, Osterei«

Für uns Kinder in Hinterpommern gab es zum Osterfest einen schönen Brauch: Das Austragen der Osterruten.

Das eigentliche »Osterstiepen« war ja mehr den erwachsenen jungen Männern vorbehalten, und es ging oft recht deftig dabei zu, wenn sie in die Kammern der Dorfschönen einstiegen und diese mit frischen Birkenzweigen durchstiepten. Wir Kinder wußten natürlich auch schon von diesem Brauchtum, denn wir hörten ja den Lärm in Haus und Hof, wenn die Mädchen sich beim Stiepen wehrten und den waghalsigsten Jungens einen Eimer voll Wasser über den Kopf gossen.

Doch wenn auch manchmal wilde und turbulente »Zweikämpfe« (im Kriege sagte man sogar »Nahkämpfe«) tobten, der Spaß und die Freude an diesem Brauch blieben doch die Hauptsache. Noch Tage und Wochen nach Ostern wurde über das Stiepen gelacht.

Aber nicht nur die Erwachsenen, auch wir Kinder wollten zu Ostern eine rechte Festesfreude haben, und so gingen auch wir von Haus zu Haus und trugen Osterruten aus.

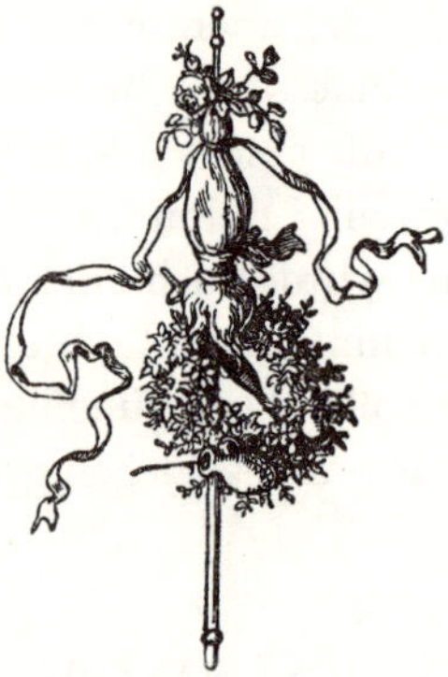

Schon einige Wochen vor Frühlingsbeginn ging unser Vater mit uns in den Wald, um Birkenreisig zu holen. Die schönsten und längsten Zweige wurden ausgesucht und dann zuhause unserer Mutter überreicht. Die stellte sie in einen alten braunen Steintopf, der dann auf dem eichenen Schrank im Wohnzimmer seinen Platz fand.

Wir Kinder schauten jeden Tag nach, ob die Birkenzweige nicht bald grün werden wollten, und warteten sehnsüchtig auf die ersten Knospen. Immer wieder füllten wir warmes Wasser nach, denn wir hofften, daß dadurch die Birkenruten im Zimmer merkten: Nun wird es endlich Frühling! Heimlich aber ängstigten wir uns, die Zweige könnten nicht rechtzeitig genug zum Osterfest grün werden.

Aber alle unsere Sorgen verflüchtigten sich, wenn ein paar Tage vor Ostern plötzlich die Knospen aufsprangen und zartes Grün an den Birkenzweigen sproßte. Dann tanzten wir freudig um den großen Birkenstrauß im braunen Steintopf herum.

Am Abend vor Ostern band unsere Mutter für jeden von uns eine oder mehrere Osterruten zurecht. Zwischen die Birkenzweige wurden die ersten Frühlingsblumen gesteckt und die Sträuße mit bunten Schleifen geschmückt, so daß wir Kinder unsere helle Freude daran hatten.

Ganz früh am Ostermorgen wurden wir geweckt, wenn wir nicht schon längst vom Stiepen der Erwachsenen oder vor Aufregung wach waren. Kaum hatten wir unseren neuen Sonntagsstaat angezogen, rannten wir auch schon mit den Ostersträußchen aus dem Haus und trugen sie zu unseren Paten. Wir gingen in die Schlafstuben, stellten uns vor den Betten auf, drohten mit den Osterruten und sagten dazu:

»Stiep, Stiep, Osterei,
ich bitte um ein Kakel-Ei,
gibst du mir kein Osterei,
stiep ich dir das Hemd entzwei!«

Unsere Onkel und Tanten taten dann zwar so, als ob sie sich sehr fürchteten, aber in Wirklichkeit freuten sie sich doch sehr über die ersten Ostergrüße und den Frühlingsstrauß, und wir Kinder waren überglücklich, wenn wir eine Tüte voll Ostereier oder ein kleines Geldgeschenk zum Lohn dafür erhielten.

Am liebsten gingen wir Kinder natürlich zu unserer Großmutter. Sie wartete meistens schon auf uns und blieb extra so lange im Bett, bis wir Kleinen mit den bunten Osterruten in ihre Stube gestürmt kamen. Sie hatte für jeden sogar ein ganzes Osternest voll Süßigkeiten zurechtgemacht, und unsere Augen liefen über, wenn wir all die Herrlichkeiten sahen. Aber wir durften davon erst naschen, wenn wir ein kleines Gedicht aufgesagt hatten:

»Ich bring Dir eine Osterrut'
am Ostermorgen früh,
doch hat mir diese kleine Rut'
gemacht viel Sorg' und Müh'.
Ich habe mir diese Mühe
gestern schon gemacht
und mit gar vielem Fleiß
die kleine Rute zustande gebracht.«

Doch auch zu anderen Verwandten oder Nachbarn konnten wir Kinder die Osterruten austragen. Für diese Gelegenheiten gab es einen besonderen Vers, der an die »Heischelieder« zum Fastelabend erinnerte.

Er lautete:

»Schmackostern, bunt' Ostern!
Drei Eier, 'n Stück Speck,
Stück Kuchen, Glas Branntwein,
dann goh ick gliek weg!«

Die Ostereier bekamen wir sogleich, den Branntwein natürlich nicht! Denn was wäre wohl aus uns geworden, wenn wir den in mehreren Häusern zum Dank bekommen hätten?

Wir konnten auch gar nicht zu viele Besuche machen,

denn dazu reichten unsere Osterruten denn doch nicht aus. Wer aber noch einen bunten Strauß übrig behielt, der nahm ihn mit in die Kirche und schmückte damit den Altar.

Wir Kinder gingen am Ostersonntag gern zum Gottesdienst, denn wir wußten, daß an diesen Tagen nach altem Brauch in der Kirche gelacht wurde. In der Osterpredigt erzählte der Pastor seiner Gemeinde eine Anekdote oder Schnurre, die dann das »Osterlachen« auslöste.

Wir Kinder lachten am lautesten mit, denn wir freuten uns ja auch am meisten, weil wir an diesem Ostermorgen so reich beschenkt worden waren.

RAINER MARIA RILKE

Ostergrüße

An Karl von der Heydt

Meudon-Val-Fleury (Seine et Oise), am 7. April 1906

Mein verehrter Freund,

in mir ist alle Unruhe dieser unglaublich seligen Frühlingstage, die wie ein Saal, der durch mehrere Etagen steigt, durch alle Himmel reichen; die Vögel klingen, schon schlägt die Vinca im schattigen Grün ihr blaues schauendes Auge auf, und der Duft von Goldlack erfüllt den ganzen Morgen. Und die Pflaumenbäume blühen. Und mir fehlt nichts als dies bißchen Freiheit, für mich zu sein und in mich hineinzuhören und eine eigene Arbeit zu bedenken. Werden Sie verstehen, daß ich täglich dagegen mit aller Vernunft angehen muß, nicht in einen Zug zu steigen, um nach Viareggio zu fahren, dorthin an die Küste des Ligurischen Meeres, wo der dritte Teil des

Stunden-Buches entstand, ganz eingebettet in das große Geräusch des einsamen Meeres? So stark ist in mir das Gefühl, daß ich jetzt etwas machen könnte, müßte, – was vielleicht so nicht wiederkommt... Gott, ich muß das jemandem sagen, nur ums einmal gesagt zu haben, und ich sags Ihnen, weil Sie, auf Ihrer Reise, die über diesen Brief rasch wieder Neues häuft und anderes, es am besten wieder vergessen können ...

Ostergrüße ... Ihnen, verehrter Freund, von Ihrem herzlich und dankbar zugetanen

Rilke

An Ruth Rilke

Meudon, am 12. April 1906
Donnerstag vor Ostern

Erinnerst Du dich noch, meine liebe kleine Ruth, was für eine Menge Eier wir voriges Jahr zu Ostern in Worpswede gefunden haben? Auf dem Weg zur Kuhle haben die ungeschickten Hasen sie verloren. Rechts war eines, links waren zwei, blaue und gelbe und rote und violette, und in der Kuhle da staken sie im Sand und lagen in ganzen Nestern beisammen. Und wir liefen alle herum und suchten und es waren immer noch welche da, und schließlich war Großmutter so müde geworden, daß sie sich lange hinlegte und einschlief und wir hätten sie beinahe vergessen, als wir wieder nach Hause gingen, um in Fräulein Meyer's Haus Cacao zu trinken. Ich weiß das alles noch ganz gut und Helmuth wird es auch wissen; (frag ihn mal) und Großmutter auch.

Heuer aber bin ich nicht in Worpswede, sondern hier ganz nahe bei Paris, in meinem kleinen Häuschen, (das so aussieht, wie du es hier siehst) und ich gucke schon im-

mer ein bißchen zu, ob nicht auch hier etwas zu finden ist, aber ich sehe keinen Hasen und ich glaube, er kommt gar nicht in unseren Garten, weil wir diese drei Hunde haben, die immer aufpassen; vor denen fürchtet er sich gewiß. Und wenn ich anfange, hier im Grase zu suchen, dann kommen sie auch gleich, die drei neugierigen Hunde. Und wenn ich meine Hand unter die kleinen grünen Blätter stecke und in das Gras, das ganz neu ist, um zu sehen, ob nicht was darunter ist, dann stecken sie ganz schnell ihre Nase dazu, ihre kalte nasse Nase, und sie sind immer um mich und nicken sich gegenseitig zu und sagen sich auf hundisch: »Er sucht was für uns.« Das ist aber, wie Du weißt gar nicht wahr. Ich denke an Dich, meine liebe liebe kleine Ruth. Helmuth, den ich herzlich grüße, soll mal mit dem Hasen sprechen und soll ihm sagen, daß ihr umgezogen seid und wo ihr jetzt wohnt. Ich küsse dich, liebe kleine Ruth.

Dein Väterchen

(Grüße an Großmutter. Die kleinen Blumen hier fand ich beim Suchen.)

Hortense Geigenberger

An den Osterhasen

Lieber guter Osterhase,
Bitte, möchtest du besorgen
Einen Korb voll bunter Eier
für den Ostermorgen.

Welche Sorte? Nun ich dächte,
Wenn ich sie schon wählen sollte,
Wären es die schönsten, besten
Eier, die ich wollte.

Weißt du, rote, grüne, blaue,
Wie sie dir so gut gelingen,
Nagelneue, hübsch verzierte,
Solltest du mir bringen.

Was ich mit dem Körbchen mache,
Nun, kannst du es dir nicht denken?
Meinem Brüderchen, dem kleinen,
Möchte ich es schenken.

Jeremias Gotthelf

Die Ostereier des Güterbuben

So verstrich mir der Winter. Er war hart und kalt gewesen, aber gegen das Ende des Märzes wurde es milde, die Erde taute auf, Märzenglöcklein blühten, die Bachteln (Glockenblumen) wuchsen wunderschnell empor. Oh, wie freute ich mich darüber, denn bald kam Ostern, da hoffte ich auf Eier, hoffte sie recht schön zu sieden mit Brasilienholz, Bachtelnkraut und Zwiebelhüllen darum zu binden, daß sie geflammt würden und schöne weiße Kreuze erhielten. Ostereier waren im ganzen Jahr immer meine größte Freude gewesen, wochenlang vor Ostern konnte ich an nichts anderes sinnen als an das halb Dutzend Eier, welche ich erhielt, und wenn ein Huhn gaggelte, gaggelte ich jubelnd mit. Wie wohlfeil ist doch Kinderfreude und wie schön, und wie traurig, daß selten alte Leute sich nicht mehr recht freuen können, höchstens noch mit den Kindern; aber das Traurigste ist wohl, auch mit den Kindern sich nicht mehr recht freuen zu können, an ihren Freuden sich zu ärgern und die unschuldigste zu verbittern. Nein, das ist noch nicht das Traurigste, sondern das ist es, daß man diese Herzensbitterkeit, diese Freudlosigkeit für Gottseligkeit des Alters ausgibt, welche über die Welt und die Gottlosigkeit der Jugend seufzt. Das ist wahrlich eine finstere Gottseligkeit, welche nicht für den heiteren Himmel paßt, in welchem der liebe Heiland seinen Kindern Wohnung bereiten will.

Die Bäuerin hatte viele Eier bekommen; die vollen Krätten betrachtete ich mit großem Respekt und dann Ei um Ei, welches wohl das Stärkste sein möchte. Am Ostersamstag machte man Vorbereitungen zum Sieden, die

Kinder jubelten und brachten, was sie um die Eier gebunden wünschten. Ich dachte nichts anderes, als auch welche zu erhalten. Sobald ich vom Kinderhüten entrinnen konnte, eilte ich auch und pflückte im grünenden Baumgarten, was mir schön schien, und über manchen Fund ganz glücklich, brachte ich eine Handvoll Blümchen und Kräuter aller Art der Bäuerin in die Küche.

Verwundert fragte die, was ich damit wolle, und als sie meine Meinung hörte, sagte sie: »Was bildist dir i, myni Hühner legge o für di? Ohä, das wär e neue Mode, em Bueb no ga Eier z'siede, u bsonders am settige, dä dKing geng z'brülle macht, nix lert, nit folget u in der Schul alli Tag Schläg übercho het! Nei, Bueb, sövli dumm si mr notti nit, und settig Flause bild dr nit y!« Da war mir, als ob ich aus dem Himmel gefallen wäre: keine Eier an der Ostern, das war mir fast wie kein Ätti mehr; für Vorwürfe, Schläge war ich sonst ziemlich unempfindlich geworden, aber das griff tief ein, Ostern und keine Eier, das wollt mir fast das Herz brechen. Anhalten konnte und mochte ich nicht, ich war nicht mehr gewohnt zu flattieren, ich wurde auch nicht sowohl wehmütig als zornig, heulte mehr, als ich weinte, und nach und nach bildete sich die Überzeugung in mir, daß ich Eier haben müsse in jedem Fall.

Nach langem Sinnen fiel mir endlich ein, daß ich noch einen neuen schönen Batzen hätte vom Examen her; an demselben hatte ich sonst meine größte Freude gehabt, ein eigenes Säckeli für ihn gemacht und ihn oft betrachtet, wenn ich allein war, aber Eier waren mir doch noch lieber. Den holte ich, lief damit zu unsrer Ghusmanns Frau und bat sie, mir um den Batzen Eier zu geben. Ich war glühend rot vor Zorn, konnte kaum reden, und die Tränen liefen mir noch immer über die Backen herunter, so daß die Frau wohl merkte, daß es etwas Besonderes gegeben haben müsse. Sie fragte mich, ich erzählte ihr mein Elend, wie es mir ergangen, wie ich jetzt Eier haben müsse und gerne den Batzen dafür gebe, wie lieb er mir auch wäre. Da sagte die gute Frau: »Los, Miaßli, bhalt du dy Batze, Eier verchauf ig dr keine, aber kumm i dStube, mr wei luege.« In der Stube erzählte sie ihren zwei Kindern, der Miaßli bekomme drüben keine Eier und hätte doch so gerne welche; er sei es arms Buebli, aber er habe ihnen nie etwas zuleid getan, im Gegenteil sie manchmal gegen den Johannesli in Schutz genommen; ob nun jedes ihm ein Ei geben wolle, eines behielte doch immer noch drei. Die gute Mutter hatte noch nicht ausgeredet, als ihre guten Kinder auf mich zusprangen und mir Eier gaben, nur das eine von ihnen fragte: »Gell, Müetti, ds schönste bruch ig ihm doch nit z'gäh?« und doch nach einigem Kampf gab es mir das, welches ihm am besten gefiel.

Da ward mir wohl, und ich konnte wieder jemand freundlich ansehen, was lange nicht geschehen war, und recht von Herzen glücklich machten mich die Eier. Als der erste Eindruck vorüber war, fiel mir plötzlich ein, der Bäuerin nun zu zeigen, daß ich Eier bekommen auch ohne sie, und die erhaltenen ihr zu spienzeln, bis sie es merkte. Ich teilte meinen Einfall und meine Schadenfreude der Frau mit und wollte fort, die sagte aber: »Los, Miaßli, mach nit dir un üs Verdruß ...«

Die gute Frau hatte mehr als recht. Den ganzen Abend konnte ich daheim in stiller Freude dem Lärm der Kinder mit ihren Eiern zusehen. Ich hatte wieder alle lieb, hatte mich doch auch jemand liebgehabt, gab über alles guten Bescheid und flattierte den kleinen mir Übergebenen so von Herzen, daß selbst die Bäuerin, die meiner sonst sich nur achtete, wenn ihre Kinder über mich brüllten, aufmerksam wurde, mir ein Ei brachte und sagte: »Lue, da hest o eis, we ds ganze Johr so wärisch, su wärst eim o lieber un überschämist o meh.« Die Frau wußte auch nicht, daß ein Kind fast ist wie eine Orgel und die Töne hören läßt, welche man auf ihm anschlägt. Der Mensch kennt alle Dinge der Erde, aber den Menschen kennt er nicht, da scheint er aus lauter Dummheit zusammengesetzt zu sein.

Osterbräuche

Zu Ostern mußte wieder der Herr Pate die bemalten Eier, das Sinnbild der Schöpfung und Fruchtbarkeit, spenden, ebenso Gebäck in Hasengestalt, welches Tier diese Eier gebracht haben soll. Mancherlei Gebräuche werden mit den Eiern beobachtet. Zu Augsburg war es Sitte, daß sich am zweiten Ostertag die Knaben vor das Rothentor begaben. Dem einen legte man 100 Eier in gerader Linie so auf den Boden hin, daß eines immer 2 Schuh von dem andern entfernt war. Er mußte nun diese Eier in einen Korb lesen und unzerbrochen bringen, aber immer nur ein einziges Ei. Indessen lief ein anderer Knabe nach Göggingen und zurück. Wer zuerst seinen Lauf fertig hatte, gewann.

Neben den Ostereiern spielte auch das Osterwasser vielerorts eine wichtige Rolle. In Schlesien beispielsweise war dies ein Brauch der jungen Mädel, die am Ostersonntagmorgen das heilige Osterwasser schöpften; wenn man das bei einer solchen Zauberei überhaupt noch heilig nennen darf. Wollten sie doch unbedingt das Bild ihres zukünftigen Herzensschatzes in dem Wiesenbächlein erschauen. Ein wenig unheimlich war ihnen dabei schon zu Mute. Wehe, wenn ihnen auf diesem Gange jemand begegnete, etwa gar ein altes Weib! Dann würde es mit dem ganzen Liebesglück schief gehen. Und deshalb schlichen sie sich wie scheue Katzen zum Dorf hinaus mit vermummten Köpfen und verbargen aufs sorgfältigste ihren Schöpfkrug unter der Gewandung. Über das Ufer gebeugt, flüsterten sie dann mit klopfendem Herzen:

Durch dieses Wassers Zaubergewalt
Möcht' ich schauen des Liebsten Wohlgestalt;
Möcht' im Wasserspiegel jetzund sehn
Meinen zukünftigen Eheliebsten stehn.
Wenn es heut aber nicht kann sein,
Muß ich halt derweil' noch Jungfer blei'n.

War der Krug gefüllt, dann brachte so eine Heiratslustige ihr Zauberwasser in aller Heimlichkeit auf ihre Kammer. Denn, wer sich im Osterquell wäscht, der soll eine Haut so zart wie Pfirsichflaum bekommen und derart blanke Augen, als ob dahinter ein ewig Freudenfest stattfände.

Eher war es zu verstehen, wenn alte und bresthafte Leute sich dieses Wasser als Gesundungstrank holten. Weiß doch der Schlesier zu genau, daß »gesunde Knucha noch immer besser sein als fünf Biehma ei der Tasche und die sein ooch noch geborgt.« Darum sollte das Sprüchel nur ruhig anschlagen:

Der Tod, der schlimme Geselle,
Er bleibt mir vom Halse zur Stund';
Ich trinke das Wasser der Quelle
Und fühle mich kerngesund.

Am Ostermontagmorgen wurden die jungen Mädel von den Burschen mit Wasser bespritzt, und das gleich mit vollen Eimern! So daß manche wie » 'ne gebad'te Katze«

dastand. Dafür wollte so ein Bursche dann gar noch ein »Guschel« haben, weil das nun einmal dazugehöre. Da gab es oft eine große Treibjagd. Aber zu ernsthaften Streitigkeiten kam es niemals. Denn der Schlesier versteht einen Spaß.

Christoph von Schmid

Bunte Nester

Inzwischen gingen Sommer und Herbst vorüber und der Winter kam. Er war in dieser rauhen Gegend sehr hart. Die kleinen Hütten im Tal lagen Monate lang im Schnee vergraben. Nur die rauchenden Kamine und zum Teil auch die Dächer schauten noch aus der weißen Hülle hervor. Von dem Hohlweg zwischen den Felsen herauf sah man gar nichts mehr. Die Mühle stand still und die Wasserfälle hingen starr und geräuschlos an den Felsen. Man konnte nur wenig zusammenkommen. Desto größer war die Freude, als der Schnee schmolz und es wieder Frühling wurde.

Die Kinder aus dem Tale kamen sogleich wieder herauf und brachten den beiden fremden Kindern, Edmund und Blanda, die ersten blauen Veilchen und gelben Schlüsselblümchen, die sie im Tale finden konnten. Ja, sie flochten ihnen, sobald es mehrere dieser holden Frühlingsblümchen gab, die schönsten blauen und gelben Kränze. »Ich muß«, sagte da die edle Frau, »den guten Kindern doch auch eine Freude machen. Ich will ihnen auf den kommenden Ostertag ein kleines ländliches Kinderfest geben; denn es ist gar wichtig, daß man solche Festtage den Kindern, so gut man nur immer kann, zu Freudentagen macht. Aber was soll ich ihnen geben? Auf Weihnachten konnte ich sie mit Äpfeln und Nüssen be-

schenken, die ich für sie hatte bringen lassen. Aber zu dieser Jahreszeit hat man nichts im Hause, als etwa ein Ei. Noch bringt die Natur nichts hervor, was zu genießen wäre. Alle Bäume und Sträucher stehen ohne Früchte und Beeren. Eier sind die ersten Geschenke der wieder auflebenden Natur.«

»Aber«, sagte Martha, »wenn die Eier nur nicht so ganz ohne alle Farben wären! Weiß ist wohl auch schön. Aber die verschiedenen Farben der Früchte und Beeren, zumal die roten Wangen der Äpfel, sind doch noch schöner.«

»Du bringst mich da auf einen Einfall«, sagte die Frau, »der nicht gar übel sein mag. Ich will die Eier hart sieden und sie, was sich während des Siedens leicht machen läßt, zugleich färben. Die bunten Farben bereiten den Kindern gewiß große Freude.«

Die verständige Mutter kannte verschiedene Wurzeln und Moose, die man zum Färben brauchen kann. Sie färbte nun die Eier auf verschiedene Art. Einige wurden schön himmelblau, andere gelb wie Zitronen, andere so schön rot, wie das Innere der Rosen. Einige hatte sie mit zartgrünen Blättchen eingebunden, die sich dann auf den Eiern abbildeten und ihnen ein unvergleichlich schönes Aussehen gaben. Auf einige schrieb sie auch einen kleinen Reim. Dann schickte sie Martha hinab in das Tal und ließ die Kinder, die mit Edmund und Blanda ungefähr gleichaltrig waren, auf den heiligen Ostertag zu einem kleinen Kinderfeste einladen.

Der Ostertag war dieses Mal ein überaus schöner Frühlingstag, ein wahrer Auferstehungstag der Natur. Die Sonne schien so schön und warm, der Himmel war so rein und blau, daß es eine Lust war und alles neues Leben fühlte. Die Wiesen im Tale waren bereits schön grün und hie und da schon bunt von Blumen. Jedermann freute sich, und man sah überall nur fröhliche Gesichter.

Schon lange vor Anbruch der Morgenröte hatten die Frau und der alte Kuno sich auf den Weg zur Kirche gemacht, die über zwei Stunden weit entfernt jenseits der Berge lag. Edmund und Blanda mußten inzwischen unter Marthas Aufsicht zu Hause bleiben. Gegen Mittag kam die Frau mit Hilfe des Maultieres, das Kuno führte, wieder zurück; die übrigen Leute aber kamen mit ihren Kindern erst lange nach Mittag oder gar erst gegen Abend nach Hause.

Sobald die Frau angelangt war, eilten die eingeladenen Kinder voll Freude aus dem Tale herauf und versammelten sich vor der Haustüre der Frau. Da kam sie mit Edmund und Blanda heraus, grüßte die versammelten Kinder freundlich und führte sie zur Felsenwand, wo Kuno auf einem zierlich mit feinem Kiese bestreuten Grund einen großen länglich runden Tisch aufgestellt hatte. Der Tisch war mit einem farbigen Teppich belegt. Rasensitze von jungem, frischen Grün umgaben ihn. Die Kinder setzten sich rings um den Tisch und mitten unter ihnen Edmund und Blanda. Nun wurde eine große irdene Schüssel voll heißer Milch aufgetragen, darein Eier geschlagen waren. Jedes Kind hatte ein neues irdenes Schüsselchen vor sich stehen und bekam nun seinen Teil und ließ sich's trefflich schmecken. Hierauf führte die Frau die Kinder durch eine Seitentüre des Gartens in das kleine Tannenwäldchen, das an den Garten stieß und sagte ihnen, jeder solle aus Moos, mit dem die Felsen und Bäume umher reichlich bewachsen waren, ein kleines Nestchen machen. Sie gehorchten mit Freuden. Nun kehrte die Frau mit den Kindern wieder in den Garten zurück. Jedes bekam nun ein großes Stück Kuchen. Während aber die Kinder aßen, schlich Martha mit einem großen Korb voll gefärbter Eier heimlich in das Wäldchen und verteilte sie in die Nestchen, und die blauen, roten, gelben oder bunten Eier nahmen sich in dem zartgrünen Moos ungemein schön aus. Nicht weit weg davon aber machte ein Hase ein Männchen und sah ihr vergnügt zu, bis es davonhuschte.

Nachdem die Kinder genug gegessen hatten, sagte die Frau: »Nun kommt, jetzt wollen wir nach den Nestchen sehen!« In jedem lagen fünf gleichfarbige Eier, und auf einem derselben stand ein Reim. Was da die Kinder für ein Freudengeschrei erhoben! »Rote Eier! Rote Eier!« rief das eine, »in meinem Nestchen sind lauter rote Eier.« »Und in dem meinigen sind blaue«, rief ein anderes, »o alle so schön blau wie der Himmel.« »Die meinigen sind gelb«, schrie ein drittes, »noch viel schöner gelb als die Schlüsselblümchen und der Schmetterling, der dort fliegt.« »Die meinigen«, rief das vierte, »haben gar alle Farben!« »O, das müssen wunderschöne Hühner sein«, rief ein kleiner Knabe, »weil sie so schöne Eier legen. Diese möchte ich einmal sehen!« »Ei«, sagte Marthas Schwesterchen, »die Hennen legen freilich keine so schönen Eier. Ich glaube gar, das Häschen hat sie gelegt, das aus dem Wacholderbusche heraussprang und davonlief, als ich dort das Nestchen bauen wollte.« Und alle Kinder lachten zusammen und wußten nun, daß der Osterhase mit im Spiel war.

Martinus Montanus

Der einfältige Pfaffe

In einem Dorf saß ein guter, einfältiger Pfaffe und das zu Zeiten, in denen die Pfaffen noch nicht so gelehrt wie zu unserer Zeit gewesen sind, der an dem Ostertag nicht wußte, was er für ein Amt singen sollte. Er schickte seinen Meßner in die Stadt, die nahe bei seinem Dorfe lag, zum Pfarrer, um ihn zu fragen, was er für ein Amt an dem zukünftigen Sonntag, dem Ostertag, singen sollte. Der Pfarrherr, der sich über die Einfältigkeit und den kleinen Verstand des Kaplans wunderte, gab dem Meßner zur Antwort, er solle seinem Pfarrherrn sagen, daß er das Resurrexit singen soll. Der Meßner entfernte sich wieder vom Pfarrherr, und ich weiß nicht, ob er zum Weintrinken gegangen ist oder ob er sonst so viel zu besorgen hatte; jedenfalls vergaß er den Namen. Als er nun heimkam, fragte ihn der Pfaffe, was der Pfarrherr gesagt hat. »Ich weiß nicht«, sprach der Meßner, »wie er es genannt hat, aber ich weiß wohl, daß es mit ›Re‹ anfing.«

Der Pfaffe antwortete schnell darauf: »Ja wahrlich, es wird das Requiem sein, da es morgen eben drei Tage sind, daß unser Herrgott gestorben ist.« So sang er am heiligen Ostertag ein Requiem.

Johann Wolfgang von Goethe

Sizilianische Ostern

Palermo, den 8. April 1787. Ostersonntag.

Nun aber ging die lärmige Freude über die glückliche Auferstehung des Herrn mit Tagesanbruch los. Petarden, Lauffeuer, Schläge, Schwärmer und dergleichen wurden kastenweis vor den Kirchtüren losgebrannt, indessen die Gläubigen sich zu den eröffneten Flügelpforten drängten. Glocken- und Orgelschall, Chorgesang der Prozessionen und der ihnen entgegnenden geistlichen Chöre konnten wirklich das Ohr derjenigen verwirren, die an eine so lärmende Gottesverehrung nicht gewöhnt waren.

Die frühe Messe war kaum geendigt, als zwei wohlgeputzte Laufer des Vizekönigs unsern Gasthof besuchten, in der doppelten Absicht, einmal den sämtlichen Fremden zum Feste zu gratulieren und dagegen ein Trinkgeld einzunehmen, mich sodann zur Tafel zu laden, weshalb meine Gabe etwas erhöht werden mußte.

Nachdem ich den Morgen zugebracht, die verschiedenen Kirchen zu besuchen und die Volksgesichter und Gestalten zu betrachten, fuhr ich zum Palast des Vizekönigs, welcher am obern Ende der Stadt liegt. Weil ich etwas zu früh gekommen, fand ich die großen Säle noch leer, nur ein kleiner, munterer Mann ging auf mich zu, den ich sogleich für einen Malteser erkannte.

Als er vernahm, daß ich ein Deutscher sei, fragte er, ob ich ihm Nachricht von Erfurt zu geben wisse, er habe daselbst einige Zeit sehr angenehm zugebracht. Auf seine Erkundigungen nach der von Dacherödischen Familie, nach dem Koadjutor von Dalberg konnte ich ihm hinreichende Auskunft geben, worüber er sehr vergnügt nach dem übrigen Thüringen fragte. Mit bedenklichem Anteil erkundigte er sich nach Weimar. »Wie steht es denn«, sagte er, »mit dem Manne, der, zu meiner Zeit jung und lebhaft, daselbst Regen und schönes Wetter machte? Ich habe seinen Namen vergessen, genug aber, es ist der Verfasser des ›Werthers‹.«

Nach einer kleinen Pause, als wenn ich mich bedächte, erwiderte ich: »Die Person, nach der Ihr Euch gefällig erkundigt, bin ich selbst!« – Mit dem sichtbarsten Zeichen des Erstaunens fuhr er zurück und rief aus: »Da muß sich viel verändert haben!« – »O ja« versetzte ich, »zwischen Weimar und Palermo hab' ich manche Veränderung gehabt.«

Ostern macht frei

Der Schneider hat um Neujahr herum einen Gesellen gehabt. Es ist wenig Arbeit dagewesen, aber er hat ihn doch nicht gern fortschicken wollen, weil er fleißig gewesen ist. Wie sie nun eines Morgens so beisammen sitzen und die Nadel laufen lassen, sagt der Meister: »Heut mittag gibts Karpfen!« Als dann aber das Mittagessen gekommen ist, und es einen andern Fisch gegeben hat, da hat der Geselle gemurrt: »Das sind ja bloß kleine Backfische!« Der Meister ist aber dabei geblieben: »Nein, das sind Karpfen!« Aber der Geselle hat auch nicht nachgegeben und sein Recht behauptet und wieder gesagt: »Es sind Backfische!« Da ist der Schneider zornig geworden und fährt ihn an: »Gleich sagst du, es sind Karpfen, sonst ist Feierabend!« Der Geselle hat natürlich um diese Jahreszeit nicht fort wollen und gibt deshalb jetzt zu: »Meinetwegen, es sind Karpfen, aber kleine!« – Wie nun Ostern gekommen und viel Arbeit dagelegen ist, hat der Geselle gedacht: jetzt will ich's wettmachen! Draußen vor dem Fenster haben in der Frühlingsonne ganze Schwärme von Spatzen rumgelärmt und sind hin und wieder auf das Dach vor ihnen geflogen. Da hat er mit dem Finger hinausgezeigt und gesagt: Guckt einmal Meister, was da für ein Haufen Störche gekommen ist!« – »Das sind ja Spatzen!« hat der gelacht. »Nein, es sind Störche!« behauptete der Geselle unverfroren. Da ist der Meister böse geworden und hat geschimpft: »Ich glaub, du hast den Star! Da sieh doch mal hin, das sind doch Spatzen!« Der Geselle aber spricht nun kalt: »Gleich sagt ihr, es sind Störche, sonst ist Feierabend!« Jetzt hat der Meister begriffen, und weil er den Gesellen um diese Zeit notwendig gebraucht hat, antwortet er: »Meinetwegen, dann sind's Störche, aber kleine!«

JEAN PAUL

Traumland

Du guter Siebenkäs!

Du erinnerst Dich noch des letzten schönen Abends vor Deiner Abreise, da Du bei uns warst – schon der ganze Tag, obgleich mitten im Februar, war ein Vorsabbath des Frühlings, dessen glänzender Vorgrund oft der Kotmonat ist, indes der sogenannte Wonnemonat bloß einen schmutzigen Hintergrund formiert – Du weißt, daß wir Deinetwegen nicht in die Redoute gingen und die poetischen Freiheiten zu Hause allen Maskenfreiheiten vorzogen – und endlich weißt Du, daß Hermina und ich von Dir einen beklommenen, weinenden Abschied nahmen, als verreisest Du ins heilige Grab oder gar in Deines.

Dazu kam nun noch das Musizieren. Ich halte es selber für besser, eine Abendvisite mit Musik nicht zu beginnen, noch zu unterbrechen, sondern zu beschließen. Musiziert man früher als zuletzt, so werden entweder die kleinen Bewegungen der Visitenzungen von den großen des Herzens aufgehoben oder diese von jenen. Hingegen gibt man, wie der Schwan, nur dem Ende einen Konduktgesang, so gehen die Menschen mit süßen Seufzern auseinander und kommen an der Hand des Schlafs mit der Brust voll Träume unverändert in das Land der Träume. – Aber mit welchem Abendgeläute des innern Nachklangs und mit welcher Fülle der Sehnsucht ließest Du uns beide im stillen Zimmer zurück!

Ich stellte mich ans Fenster vor das grüne Gewölbe der Mondnacht, Hermina räumte selber schnell auf und kam bald nach. Man sollte für die Seelen von zarter und warmer Empfindung, mithin für die weiblichen, nur die Minuten auslesen und aufheben, worin man selber wärmer und zarter empfindet als sonst, wie man die empfindlichen Kanarienvögel nur mit warmen Händen anzufassen hat. Ich versäume das nie. – Der Mond brannte wie ein unterirdischer Schatz noch halb in der Erde, und schwebend wurd' er von den Sternen über ihm ins Himmelblau hinaufgezogen. Aus den Tälern und aus den Schatten quoll weißer Dunst, und die Nebelbänke wankten auf dem Strome und sogen wie die Diamanten den Schimmer ein und wuchsen endlich glänzend und blitzend auf zu Hügelketten ...

...Jedes ihrer Worte quoll in meinem Inneren auf und macht' es eng und voll; ich schaute sie an, diese Seele, die neben den kleinen Forderungen der Gegenwart die großen der Zukunft befriedigt und die weder die Erde noch den Himmel vergißt, gleich dem Monde, der zugleich um die kotige Erde läuft und um die ferne reine Sonne zieht: da stand auf ihrem Angesicht jene höhere Schönheit, welche der Widerschein betender Gedanken ist, oder der herabfallende Glanz der erhabnen Gegend, wohin wir aufschauen – wie in der römischen Rotunda alle Gestalten unter dem bloß von oben niederkommenden Lichte schöner werden.

Hermine zeigte schweigend auf die Schönheiten der Nacht. Die Wellen des Stromes und die langen Lämmerwolken des Himmels hingen immer lichter wie silberne Ketten um die Finsternis. Der Winter war gleichsam von den grünen Saaten und aus den dunkeln Bächen aufgeflogen und streckte sich ruhend auf den weißen Gipfeln der Wälder und Berge aus – unten auf dem Strome und auf den Auen und zwischen den Ästen spielten die weißen Sommerwolken des Nebels – der Mond schaute aus einem höhern Himmel, gleichsam als hätt' er den silbernen Nebel wie einen flatternden Schleier auf die Erde geworfen, frei und rein in unsere stille Kugel nieder. – Plötzlich lag ein zweiter Mond auf der Erde, von den Frühlingswassern einer Wiese nachgemalt, und es schien, als hätte die Mitternachtssonne unter ihr die Rinde durchschmolzen und durchdrungen und schimmere aus dem zweiten fernen Himmel voll Liebe zu uns herauf ...

Am grünen Donnerstag, als Abends die Frühlingserde um uns dampfte und wir wieder ohne Nachtlicht bloß vor der Abendröte soupierten, und die Gassenkinder und die Spatzen lauter schrien, wurd' ich den alten Wanderungstrieb, der mich allezeit im Frühjahr (Vögel aber im Herbst) in meinem oben weich gefütterten Wachtelbauer ergreift, in einer solchen Stärke (zumal in einer solchen Passionswoche) in mir gewahr, daß ich das erste beste Posthorn, in das Einer aus dem Stalle blies, als eine Gelegenheit vom Zaun ergriff, um beiden Weibern zu melden, in wenigen Tagen dürft' ich mich gleichfalls aufmachen und ein wenig in Nürnberg einsprechen, weil ich nirgends bequemer und besser die zweite Auflage von »Teufels Papieren« zu besorgen wüßte als auf Reisen. Hermine sah mich mit einem erschrocknen großen Auge an, das eine Terzie lang fragte und sogleich (von eignen Seufzern beantwortet) tief bezogen untersank. Deine liebe prophetische Natalie sagte zum Ablenken: So machen sich die Männer alles bequem; sie richten die Uhren (die Umstände) nach ihren Gängen, und wir arme Weiber richten unsere Gänge nach den Uhren«. »Desto besser für sie und für uns«, sagte Hermina so ergeben – Firmian wär' ich allein gewesen, ich hätte mich an ihr gedrücktes Herz gestürzt und meines verklagt und aufgerissen. Auch hätt' ich das jetzt – da dem innern bösen Gott ein paar Lichter mehr angezündet waren durch die Ansage des Abmarsches als dem guten – viel leichter gekonnt; und ich kam immer näher zur Einsicht, daß ihr die obige Bundeslade nur einige Freude genommen und keine, keine Liebe. Ach, Ihr lieben Wesen tragt ja fast in jedem Nervenknoten ein Herz und habt, wie das bewegliche Meer, immer gleiche Temperatur, indes auf unserem festen Lande alle Zonen abwechseln! Ich wollte, wir Männer wären Engel, wenigstens ich. –

Da Herminens Augen glänzten – aber nicht vor Freude – fingen Nataliens ihre auch sympathetisch auch zu schimmern an, und Natalie suchte sich und ihre Freundin hinter dem ihr eigenen trotzigen Spott über uns Männer zu verstecken und schlug statt des donnerstägigen, heiligen Fußwaschens an Höfen das stärkende Waschen der männlichen Köpfe vor. – Beiläufig! Erst am zweiten Ostertag wurde ich in Streitberg vor die wahre Bauklüsens-Quelle der Rührung Herminens geführt, und – Du wirst auch noch an diese Quelle gebracht. Aber nun wurd' ich über alles so irre – und so hart – und ich stand so fern, daß ich aus den allmählich zusammenrükkenden Zügen des Ernstes nicht eine Lebensgeschichte, sondern ein weibliches Kriegsgebet herauslas.

Kurz, statt der Osterbeichte, statt des Osterfestes, griff ich am Ostersonntage zum Wanderstab; ich brauche Dir nichts weiter von der Reise zu erzählen; denn in der Ostermesse bekommst Du sie in der zweiten Auflage Deiner teuflischen Papiere ohnehin zu lesen. Lebe so gesund und lang, als wärest Du ein Reichskammergerichtsprozeß! –

J.P.

HEINRICH HEINE

Der Mai ist gekommen

Es ist heute der erste Mai. Wie ein Meer des Lebens ergießt sich der Frühling über die Erde, der weiße Blütenschaum bleibt an den Bäumen hängen, ein weiter, warmer Nebelglanz verbreitet sich überall. In der Stadt blitzen freudig die Fensterscheiben der Häuser, an den Dächern bauen die Spatzen wieder ihre Nestchen, auf der Straße wandeln die Leute und wundern sich, daß die Luft so angreifend und ihnen selbst so wunderlich zumute ist; die bunten Vierlanderinnen bringen Veilchensträuße; die Waisenkinder, mit ihren blauen Jäckchen und ihren lieben, unehelichen Gesichtchen, ziehen über den Jungfernstieg und freuen sich, als sollten sie heute einen Vater wiederfinden; der Bettler an der Brücke schaut so vergnügt, als hätte er das große Los gewonnen, sogar den schwarzen, noch ungehenkten Makler, der dort mit seinem spitzbübischen Manufakturwaren-Gesicht einherläuft, bescheint die Sonne mit ihren toleranten Strahlen, – ich will hinauswandern vor das Tor.

Es ist der erste Mai, und ich denke deiner, du schöne Ilse – oder soll ich dich ›Agnes‹ nennen, weil dir dieser Name am besten gefällt? – ich denke deiner, und ich möchte wieder zusehen, wie du leuchtend den Berg hinabläufst. Am liebsten aber möchte ich unten im Tal stehen und dich auffangen in meine Arme. – Es ist ein schöner Tag! Überall sehe ich die grüne Farbe, die Farbe der Hoffnung. Überall, wie holde Wunder, blühen hervor die Blumen, und auch mein Herz will wieder blühen. Dieses Herz ist eine Blume, eine gar wunderliche. Es ist kein bescheidenes Veilchen, keine lachende Rose, keine reine Lilie, oder sonstiges Blümchen, das mit artiger Lieblichkeit den Mädchensinn erfreut, und sich hübsch vor den hübschen Busen stecken läßt, und heute welkt und morgen wieder blüht. Dieses Herz gleicht mehr jener schweren, abenteuerlichen Blume aus den Wäldern Brasiliens, die, der Sage nach, alle hundert Jahre nur einmal blüht. Ich erinnere mich, daß ich als Knabe eine solche Blume gesehen. Wir hörten in der Nacht einen Schuß, wie von einer Pistole, und am folgenden Morgen erzählten mir die Nachbarskinder, daß es ihre ›Aloe‹ gewesen, die mit solchem Knalle aufgeblüht sei. Sie führten mich in ihren Garten, und da sah ich, zu meiner Verwunderung, daß das niedrige, harte Gewächs mit den närrisch breiten, scharfgezackten Blättern, woran man sich leicht verletzen konnte, ganz in die Höhe geschossen war, und oben wie eine goldene Krone die herrlichste Blüte trug. Wir Kinder konnten nicht so hoch hinaufsehen, und der alte, schmunzelnde Christian, der uns liebhatte, baute eine hölzerne Treppe um die Blume herum, und da kletterten wir hinauf, wie die Katzen, und schauten neugierig in den offenen Blütenkelch, woraus die gelben Strahlenfäden und wildfremden Düfte mit unerhörter Pracht hervordrangen.

Ja, Agnes, oft und leicht kommt dieses Herz nicht zum Blühen; so viel ich mich erinnere, hat es nur ein einziges Mal geblüht, und das mag schon lange her sein, gewiß schon hundert Jahr. Ich glaube, so herrlich auch damals seine Blüte sich entfaltete, so mußte sie doch aus Mangel an Sonnenschein und Wärme elendiglich verkümmern, wenn sie nicht gar von einem dunklen Wintersturme gewaltsam zerstört worden. Jetzt aber regt und drängt es sich wieder in meiner Brust, und hörst du plötzlich den Schuß – Mädchen, erschrick nicht! ich hab' mich nicht totgeschossen, sondern meine Liebe sprengt ihre Knospe, und schießt empor in strahlenden Liedern, in ewigen Dithyramben, in freudigster Sangesfülle.

Ist dir aber diese hohe Liebe zu hoch, Mädchen, so mach es dir bequem, und besteige die hölzerne Treppe, und schaue von dieser hinab in mein blühendes Herz.

Johann Wolfang von Goethe

Maifest

Wie herrlich leuchtet
Mir die Natur!
Wie glänzt die Sonne!
Wie lacht die Flur!

Es dringen Blüten
Aus jedem Zweig
Und tausend Stimmen
Aus dem Gesträuch,

Und Freud und Wonne
Aus jeder Brust.
O Erd, o Sonne!
O Glück, o Lust!

O Lieb, o Liebe!
So golden schön,
Wie Morgenwolken
Auf jenen Höhn!

Du segnest herrlich
Das frische Feld,
Im Blütendampfe
Die volle Welt!

O Mädchen, Mädchen,
Wie lieb' ich dich!
Wie blinkt dein Auge,
Wie liebst du mich!

So liebt die Lerche
Gesang und Luft,
Und Morgenblumen
Den Himmelsduft,

Wie ich dich liebe
Mit warmen Blut,
Die du mir Jugend
Und Freud' und Mut

Zu neuen Liedern
Und Tänzen gibst.
Sei ewig glücklich,
Wie du mich liebst.

THEODOR FONTANE

In Tangermünde

Ein Jahr beinah war vergangen, und die Tangermünder feierten, wie herkömmlich, ihr Maienfest. Das geschah abwechselnd in dem einen oder andern jener Waldstücke, die die Stadt in einem weiten Halbkreis umgaben. In diesem Jahr aber war es im Lorenzwald, den die Bürger besonders liebten, weil sich eine Sage daran knüpfte, die Sage von der Jungfrau Lorenz. Mit dieser Sage aber verhielt es sich so. Jungfrau Lorenz, ein Tangermünder Kind, hatte sich in dem großen, flußabwärts gelegenen Waldstück, das damals noch Elbheide hieß, verirrt, und als der Abend hereinbrach und noch immer kein Ausweg sichtbar wurde, betete sie zur Mutter Gottes, ihr beizustehen und sich ihrer Not zu erbarmen. Und als sie so betete, da nahte sich ihr ein Hirsch, ein hoher Elfender, der legte sich ihr zu Füßen und sah sie an, als spräch er: »Ich bin es, besteige mich nur.« Und sie bestieg mutig seinen Rücken, weil sie fühlte, daß ihr die Mutter Gottes das schöne Tier in Erhörung ihres Gebetes geschickt habe, und klammerte sich an sein Geweih. Der Hirsch aber trug sie, zwischen den hohen Stämmen hin, aus der Tiefe des Waldes heraus, bis an das Tor und in die Mitte der Stadt. Da blieb er und ließ sich fangen. Und die Stadt gab ihm ein eingehürdet Stück Weideland und hielt ihn in Schutz und Ansehen bis an seinen Tod. Und auch da noch ehrten sie das fromme Tier, das der Mutter Gottes gedient hatte, und brachten sein Geweih nach Sankt Nikolai und hingen es neben dem Altarpfeiler auf. Den Wald aber, aus dem die Jungfrau hinausgetreten, nannten sie den Lorenzwald.

Und dahin ging es heut. Die Gewerke zogen aus mit

Musik und Fahnenschwenken, und die Schulkinder folgten, Mädchen und Knaben, und begrüßten den Mai. Und dabei sangen sie:

Habt ihr es nicht vernommen?
Der Lenz ist angekommen!
Es sagen's euch die Vögelein,
Es sagen's euch die Blümelein,
Der Lenz ist angekommen.
Ihr seht es an den Feldern,
Ihr seht es an den Wäldern;
Der Kuckuck ruft, die Finke schlägt,
Es jubelt was sich froh bewegt,
Der Lenz ist angekommen.

»Einem einen Maien stecken«

Vor achtzig Jahren wurde noch in Würzburg – wie in ganz Franken – der erste Mai als ein Volksfest gefeiert, von dem jetzt freilich unsere Jugend nichts mehr weiß. Die Mädchen sammelten sich in kleine Chöre und zogen von Haus zu Haus die Stadt durch. Eine trug eine Birke, welche man den Maienbaum zu nennen pflegte, mit bunten Bändern geziert. Um diesen Baum schlossen sie, Hand in Hand geschlungen, tanzend und singend einen Reihen, empfingen an jedem Haus eine Kleinigkeit an Geld, das dann gesammelt und zur Veranstaltung eines festlichen Abendschmauses verwendet wurde. Der bei diesem Maiengang der fränkischen Mädchen gebräuchliche alte Volksgesang lautete:

Der Maie, der Maie
Ist gar 'ne schöne Zeit,

Da soll man lustig und fröhlich sein,
Lustig und fröhlich
Die Jungfrau, der Ehlich.
Das Patschen, das Patschen
Gefällt uns gar zu wohl.
Es muß ein reicher Kaufmann sein,
Der uns ernähren soll.
Laßt die Jungfern springen,
Laßt die Vöglein singen.
Der Maie, der Maie
Ist gar 'ne schöne Zeit.

Auch war es Sitte – mehr auf dem Land als in der Hauptstadt –, vor den Häusern des Pfarrers, des Beamten, des Schulzen und anderer Leute, denen man Ehre erzeigen und eine Freude machen wollte, in der Nacht vor dem ersten Mai einen grünen, mit Bändern gezierten Baum zu errichten und dadurch die Bewohner gleich beim Erwachen zum Genuß der Freuden des Wonnemonats einzuladen. Man nannte dies: »Einem einen Maien stecken«, und davon kam das fränkische Sprichwort: »Wem man nicht wohl will, dem steckt man keinen Maien«.

Im Oberbergischen sind die Maibrunnenfeste in der Erinnerung des Volkes geblieben. Am Maiabend wurden die Trinkquellen gereinigt und Lämpchen und Kerzen dort angezündet, an nahestehenden Bäumen befestigt und unter Liedern bewacht. Am anderen Morgen wurden zum Schmuck der Brunnen Blumen gepflückt und Kränze gewunden. Auch die Eier fehlten nicht dabei. Man legte sie zwischen die Blumen an den Brunnenrand. Nachmittags beim Maireigen wurden Kuchen daraus gebacken und gemeinschaftlich verzehrt.

Das »Ausrufen der Lehen« war eine besonders am Rhein, in den Niederlanden und in Hessen verbreitete Sitte, bei der in der ersten Mainacht, der Walpurgisnacht, die heiratsfähigen Mädchen an den Meistbietenden versteigert wurden. Jeder Bursche erhielt seine Braut für das kommende Jahr zugesprochen. Ein Gleiches geschah nach Weinsbergs Bericht in Köln am Karnevalsdienstag und wurde durch Pochen an die Stubentür kundgemacht. Mittfasten – Lätare oder Rosentag – pflegten die Jungfrauen ihren zuerkannten »Lenchen« schön verzierte Brezeln zu senden, wohingegen die Burschen ihren Erkorenen am 1. Mai den »Maikneildrank« – die Maiweinbowle – in silbernen Kannen spendeten. Man lud sich dann gegenseitig zu Gast und hielt fröhliche Gesellschaft. Ein Nachklang an diese Sitte mag sich noch in dem alten Fastnachtslied bewahrt haben:

Fastelovend kütt eran
Spille op der Büsse,
Alle Mädcher krigen 'ne Mann
Ich un och mi Söster.

Wilhelm Raabe

Maiabend

Am 1. Mai. Abend

Ich saß heute nachmittag draußen im Park in den warmen Sonnenstrahlen, die hell und lustig durch die noch kahlen Zweige der höheren Bäume und durch das mit zartem, frischem Grün bedeckte niedere Gebüsch fielen. Kinder mit Sträußen von Frühlingsblumen zogen an mir vorüber; ein Maikäfer, einen Zwirnfaden am Bein, hing schlaftrunken an einem Zweige mir zur Seite, und ein stubengesichtiger junger Mann, dem ein Buch hinten aus der Rocktasche schaute, grub sorgsam eine Pflanze aus. Es war ein prächtiger Frühlingsnachmittag. Da begannen auf einmal in der Stadt die Glocken zu läuten, den morgenden Sonntag zu verkünden, und wieder schwebte, von den »Himmelstönen« getragen, eine süße Erinnerung heran.

Es war auch ein erster Mai. Da war der Frühling gekommen mit jungem Grün, bauenden Schwalben und einem – Hochzeitstage in der alten, dunklen Sperlingsgasse. Sie hatten Blumen gestreut und mit Blumen und Laubkränzen die Pfosten umwunden; sie hatten Sonntagskleider angezogen in der Sperlingsgasse, und alle hatten fröhliche Gesichter. Und der Himmel war blau, und die Sonne schien strahlend durch das Efeu, welches vor so langen Jahren Marie Ralff im Ulfeldener Walde ausgegraben hatte; aber weder Himmelsblau noch Sonnenschein kamen an heiliger Reinheit dem Gesichtchen gleich, das sich an jenem ersten Mai an meine Schulter schmiegte und durch Tränen lächelnd zu mir aufschaute. Das Bild der Mutter sah aus seinem Rahmen und den Kränzen, die es heute umwanden, ebenfalls lächelnd auf uns herab. Lächeln, Lächeln überall! Und als das junge Herzchen an meiner Brust pochte, auf der anderen Seite Gustav mir den Arm um die Schultern legte, als Helene weinend der jungen Braut den Kranz in die Locken drückte, da war es mir, als sei nun ein langes, dunkles Rätsel gelöst.

WILHELM BUSCH

Frühlingsball der Tiere

Es war die erste Maiennacht.
Kein Mensch im Dorfe hat mehr gewacht.
Da hielten, wie es stets der Fall,
Die Tiere ihren Frühlingsball.

Die Gans, die gute Adelheid,
Fehlt nie bei solcher Festlichkeit,
Obgleich man sie nach altem Brauch
Zu necken pflegt. So heute auch.

Frau Schnabel, nannte sie der Kater,
Frau Plattfuß, rief der Ziegenvater;
Doch sie, zwar lächelnd, aber kühl,
Hüllt sich in sanftes Selbstgefühl.

So saß sie denn in ödem Schweigen
Allein für sich bei Spiel und Reigen,
Bei Freudenlärm und Jubeljux.

Sieh da, zum Schluß hat auch der Fuchs
Sich ungeladen eingedrängelt.
Schlau hat er sich herangeschlängelt.

Ihr Diener, säuselt er galant,
Wie geht's der Schönsten in Brabant?
Ich küß' der gnäd'gen Frau den Fittich.
Ist noch ein Tänzchen frei, so bitt ich.

Sie nickt verschämt: O Herr Baron!
Indem, so walzen sie auch schon.
Wie trippeln die Füße, wie wippeln die Schwänze
Im lustigen Kehraus, dem letzten der Tänze.
Da tönt es vier mit lautem Schlag.
Das Fest ist aus, es naht der Tag.

Bald darauf im frühesten Morgenschimmer
Ging Mutter Urschel aus wie immer
Mit Korb und Sichel, um verstohlen
Sich etwas fremden Klee zu holen.
An einer Ecke bleibt sie stehn:
Herrje, was ist denn hier geschehn?
Die Füchse, sag ich, soll man rädern.
Das sind wahrhaftig Gänsefedern.
Ein frisches Ei liegt dicht daneben.
Ich bin so frei, es aufzuheben.
Ach, armes Tier, sprach sie bewegt,
Dies Ei hast du vor Angst gelegt.

Feste im Wonnemonat

Der Wonnemonat brachte den Kindern Freude in Hülle und Fülle. In vielen Städten zog die Jugend unter fröhlichem Gesang in den Wald um den Maien – junges Birkenlaub – zu holen und die Häuser der Honoratioren damit zu schmücken und dafür beschenkt zu werden. Es fanden Gesang, Spiele und Tanz statt, aber schon im Jahre 1659 gebot der Rat zu Winterthur, »daß bei hoher Strafe die jungen Knaben am Maitag weder Roth- noch Weißdändli in Mayen hauen sollen, als ein schädlich und unnütz Ding.« Vielfach wurden zu Pfingsten zwei vermummte Figuren, der Frühling und der Sommer, aus dem Wald geholt. In Zürich flochten die badenden Knaben im See aus Binsen eine schwanenähnliche Gestalt, auf der sie die Limmat hinab schwammen, um schließlich mit einem Trunk belohnt zu werden. In Augsburg wurde der »Wasservogel« von singenden Kindern begleitet, welche Laubzweige in den Händen trugen. Eine Freundin dieser Frühjahrsfeste war die Herzogin Dorothea Sibylla von Brieg. Sie ließ die Kinder des Adels, der Beamten, der Lehrer und angesehenen Bürger auf das Schloß kommen, damit sie den Maien fängen. Mit Fichtenbäumen und Fahnen geschmückt, wurden sie mit Musik begrüßt und von der Herzogin mit Tüchern und Bändern, auch mit Naschwerk beschenkt. Die Kinder »niederer Leute« zogen am selben Tage in der Stadt umher, sangen und wurden mit Brezeln beschenkt. Auch im Schlosse sangen sie, wurden von der Fürstin mit einer Ansprache beehrt, wonach das Fest eine Erinnerung an die Einführung des Christentums sein sollte, und jedes Kind sowie die Kranken und Krüppel beschenkt. Im Jahre 1617 ließ die hohe Frau den Prinzen Görgel in Begleitung einiger Frauen den Maien ebenfalls singen. Es machte ihm große Freude, daß er so reich beschenkt wurde, als er mit den Kindern in die Häuser lief.

Ein speziell fränkischer Brauch verbindet sich mit dem St. Urbans-Tag (25. Mai). An diesem Tag pflegten von alters her die Winzer in Franken auf dem Markt die Statue des heiligen Urban auf einen mit einem Teppich belegten, mit wohlriechenden Kräutern bestreuten und mit Kränzen umhangenen Tisch zu stellen. War der Tag heiter, so wurde – wie der Chronikschreiber Johann Böhm von Aub sagt – die Statue bekränzt, reichlich mit Wein überschüttet und auf alle mögliche Art den Tag hindurch verehrt. Regnete es an diesem Tag, so wurde sie mit Wasser begossen, mit Kot beworfen und derb beschimpft. Denn die Heiterkeit des Tages, wo die Trauben schon blühen, war ihnen ein Vorzeichen eines guten und reichlichen Herbstes; Regenwetter aber war das Vorzeichen eines schlechten Herbstes.

In Nürnberg fand an diesem Tag das »Urbanreiten« statt, welches folgendermaßen ablief: Ein Weinab- und -einleger, auf einem schlechten Pferd sitzend, einen bunten, mit kleinen runden Spieglein und Waldgläslein behangenen Rock anhabend, ritt durch die Stadt zu allen Weinschenken und Wirten. Einer trug ihm einen Tannenbaum vor, der gleichfalls mit Gläslein und Spieglein behangen war, und nach ihm folgten die Ablader und Einleger mit großen Flaschen über den Achseln und sammelten bei den Wirten nicht allein Wein in die Flaschen, sondern bezechten sich auch bei ihnen weidlich.

Der Reitende wurde Urban genannt. Dem liefen eine Menge Buben nach und schrien: »Der Orba muß in den Trog! Der Orba muß in den Trog!«

Er warf bisweilen Spieglein unter sie; wie denn auch den Wirtskindern Spieglein und Gläslein gegeben wurden. Nach diesem Einsammeln warf man den Urban in einen Trog mit Wasser und zog ihn wieder heraus. Das geschah jährlich am Urbanitag, ist aber längst abhandengekommen.

Gustav Freytag

Maienfreude

Das früheste Spiel des Frühlings ist der Ball in der Dorfstraße oder auf dem sprießenden Anger, er wird von jung und alt, von Männern und Frauen geschwungen. Wer den bunten Federball zu werfen hat, sendet ihn mit einem Gruße nach einem, den er liebhat. Die behenden Bewegungen, der kräftige Wurf, die kurzen Zurufe an Freunde oder Gegner sind die Freude der Zuschauer und der Spielenden. Und kommt der sonnige Mai, dann holen die Mädchen den Festschmuck aus der Lade und winden Kränze in ihr Haar und das ihres Freundes. So ziehen sie bekränzt und mit Bändern geschmückt, den Handspiegel als Zierrat an der Seite, mit ihren Gespielen auf den Anger, wohl hundert Mädchen und Frauen sind dort zum Reihen versammelt. Dorthin eilen auch die Männer, zierlich ist ihre Tracht, das Wams mit bunten Knöpfen besetzt, vielleicht sogar mit Schellen, welche eine Zeitlang der anspruchsvolle Schmuck der Vornehmen sind, die Seide fehlt nicht, wie im Winter die Pelzverbrämung. Der Gürtel ist wohlbeschlagen mit glänzendem Metall, ein Eisenhemd ist in das Kleid gesteppt, die Spitze des Schwertes klingt im Gehen an die Ferse. Die stolzen Knaben sind voll Freude am Kampfe, herausfordernd, jeder eifersüchtig auf seine Geltung. Mit Leidenschaft werden die großen Reihen getanzt, kühn sind die Sprünge, voll Jubel die Freude, überall die Poesie einer fröhlichen Sinnlichkeit. Laut singt der Chor der Umstehenden den Text des Reihens, leise singt das Mädchen die Weise mit. Und noch größer wird unser Befremden, wenn wir den Rhythmus und Text dieser alten Volks-

tänze betrachten, es ist eine Grazie nicht nur in der Sprache, auch in den menschlichen Verhältnissen, die vielmehr an die antike Welt erinnert als an die Empfindung unserer Landsleute. Auf einleitenden Strophen, welche in zahllosen Variationen das Aufgehen des Frühjahres rühmen, folgen andere zum Teil in lockerem Zusammenhange wie improvisiert, den Schnaderhüpfeln ähnlich, welche sich in Oberdeutschland bei Volkstänzen bis jetzt erhalten haben.

Clemens Brentano

Am Sophientag

Süßer Mai, du Quell des Lebens,
Bist so süßer Blumen voll,
Liebe sucht auch nicht vergebens,
Wem sie Kränze winden soll.

Süßer Mai, mit Blumenglocken
Läutest du das Fest mir ein.
Ich bekränze ihre Locken,
Will ein frommer Gast auch sein.

Süßer Mai, zum Liebesmahle
Trägst du Blumenkelche ein.
Blütensäulen stehn im Saale,
Drüber wölbt sich Sonnenschein.

Süßer Mai, in deinen Kelchen
Küssen fromme Bienen sich,
Aber unter allen, welchen
Hast du eingefüllt für mich!

Süßer Mai! du bringst nieder
Blume, Blüte, Sonnenschein,
Daß ich wisse, wem die Lieder,
Wem das Herz, das Leben weihn.

RAINER MARIA RILKE

Paris im Mai

An Clara Rilke

29, rue Cassette, Paris VIe, Sonntag, den 13. Mai 1906 (9 Uhr morgens)

... Meine Stube ist klein, nicht zu klein, – nicht sehr luftig, aber nicht dumpf, voll abgenutzter Dinge, die aber nicht aufdringlich sind in ihren Erinnerungen. Drüben sind die Klosterbäume, oben; unten eine alte Gartenmauer, auf der nur leider Plakate sind: ein Nubier, der die Zähne zeigt, was Schuhwichse bedeutet, daneben Beethoven und Berlioz, Les Artistes Indépendants in verwaschenem Gelb, »Bernot fin de Saison, Rabais considérable« auf Schwarz und Blau und Dunkelgrau: das »Palace Hôtel« in Luzern. Aber drüber ist ein alter runder Mauerrand, übergewölbt, an der äußersten Kante, die immer rasch trocknete, ganz hell gedörrt von Sonne, weiterhin in der Rundung, dunkelgrau, stellenweise etwas grün überzogen, ganz lebendig, voll Einfluß. Und noch drüber die Kastanien, große alte, die schon erwachsene Hände haben, und drüber, immer noch drüber, etwas links, ein Stück Kirchenschiff, mastlos in den Himmel hineingerammt wie ein Wrack in die See. Und drüber und dahinter und rechts und links -: Paris, das helle, das seidene, das ein für allemal bis in seine Himmel und Wasser, bis in das Herz seiner Blumen hinein verblichen ist in der zu starken Sonne seiner Könige. Paris im Mai mit seinen weißen Konfirmandinnen, die, Schleier ausstrahlend, durch alle die andern gehen, wie kleine Sterne, die ihre Bahnen haben und Herzen, für die sie aufgehen und gehen und scheinen. Ich denke an Malte Laurids Brigge, der das alles geliebt hätte wie ich, wenn er die Zeit seiner großen Bangnis hätte überstehen dürfen ...

Adalbert Stifter

Wiener Lustbarkeiten

Wenige Hauptstädte in der Welt dürfen so ein Ding aufzuweisen haben, wie wir unsern Prater. Ist es ein Park? »Nein.« Ist es eine Wiese? »Nein.« Ist es ein Garten? »Nein.« Ein Wald? »Nein.« Eine Lustanstalt? »Nein.« – Was denn? Alles dies zusammen genommen ... -

Viele Wiener mag es geben, die die Reize und Schönheiten des Prater nicht kennen, wenn er auch noch so besucht ist; denn so betäubend das Gewimmel an einigen Stellen, besonders zu gewissen Zeiten ist, so einsam, wie in der größten Einöde, ist es an anderen, daß man wähnen sollte, wenn man diese Wiesen und Gehölze entlang schritte, müsse man eher zu einer armen Meierei gelangen, als zu der riesenhaften Residenz einer großen Monarchie – aber gerade die riesenhafte Residenz braucht einen riesenhaften Garten, in den sie ihre Bevölkerung ausgießt, und doch noch genug Teile leer läßt für den einsamen Wandler und Beobachter – wohl uns, daß wir den Prater haben. Der Wiener weiß das sehr gut, und wird er auch zuweilen etwas undankbar gegen seinen Prater, wie z. B. in den heißen Sommermonaten, so ist er zu anderen Zeiten demselben desto überschwenglicher zugetan, z. B. im Frühling, und namentlich an bestimmten Tagen, wo es bon ton ist, in den Prater zu fahren, und wer dies nicht kann, wenigstens zu gehen. Der erste und zweite Mai sind solche Tage, dann auch noch der Ostermontag und Pfingsten. Einen solchen Pratertag denke dir nun, entfernter Leser, und folge mir im Geiste dahin und laß dir auf diesem Papiere deuten, was wir sehen.

Es ist der erste Mai, etwas nach vier Uhr Nachmittags, und gerade auch Sonntag und der heiterste Himmel.

Wir gehen über die Ferdinandsbrücke in die Vorstadt Leopoldstadt, und wenden uns gleich rechts gegen die Jägerzeile, die zum Prater führt; die ganze schöne, ungemein breite Straße ist bedeckt mit einem schwarzen Strome von Menschen, so dicht wallend, daß, wenn man jemandem sagte, er bekomme ein Herzogtum, unter der Bedingung, daß er die ganze Straße entlang gehe, und an keinen Menschen streife, er sich dasselbe nicht verdienen könnte. Mitten in diesem Menschenstrome, wie Schiffe im Treibeise, gehen die Wagen, meist langsam, oft aufgehalten und zu vielen Minuten lang ganz stille stehend, oft aber, wenn die Wagenlinie Luft bekommt, an einander hinfliegend, wie glänzende Phantome an der ruhiger wandelnden Menge der Zuschauer. Hie und da hervorragend aus der Menge der Fußgänger, bald hin bald her der Wagenreihe vorüber, hüpfen die Gestalten der Reiter, und die meist prachtvollen Häuser dieser Straße stehen zu beiden Seiten ruhevoll aus dem schiebenden Menschengewimmel empor, und ihre Fenster und Balkon sind besetzt mit unzähligen Zuschauern, um den glänzenden Strom unter ihren Augen vorüber fluten zu sehen, und sich an Pracht und Schimmer und Flitter zu ergötzen; meist sind es Damen, die in allen Farben gekleidet in dies Frühlingstreiben selber wie leibhaftige blühende Frühlingsgesträuche von den Fenstern hernieder schauen. Man sollte meinen, die ganze Stadt sei um drei Viertel auf vier Uhr närrisch geworden, und wandle nun in ihrer fixen Idee da gerade diese Straße hinab, und du, und ich, geliebter Fremdling, wandeln auch mit. Dort durch den Staub herauf von der Öffnung der Straße blicken schon die hohen Bäume des Praters, dem wir alle zuströmen, als würde dort das ewige Heil ausgeteilt. Endlich ist die lange Jägerzeile doch zu Ende, und die Straßen fahren wie in einem Sterne auseinander und der Menschenknäuel lüftet sich ...

Zu beiden Seiten sind schattige Alleen, eine für die Fußgänger, die andere für die Reiter; mitten in der Straße fahren die vielen tausend Wägen, einer hart an dem andern, der Sicherheit wegen auf einer Seite hinab, auf der andern hinauf, und diesen Kreis machen viele oft mehrmals, um zu sehen, und gesehen werden – das ist denn nun eigentlich der Ort, wo sich augenbetäubend Farbe an Farbe drängt, Reiz auf Reiz, Pracht auf Pracht, Masse an Masse, Bewegung auf Bewegung, so daß dem schwindelt, der es nicht gewohnt ist. Zu beiden Seiten der Straße stehen dicht gedrängt die Zuschauer, und hinter ihren Rükken wogt der bunte Strom der Spaziergänger, während in der Mitte Wagen an Wagen rollt, eine glänzende, schimmernde Linie, wohl über eine halbe Meile lang. Dort schwebt in einem Wagen, der so leicht wie ein Luftschiff geht, die Dame des höchsten Standes vorüber, prachtvoll einfach gekleidet, mit wenigen, aber kostbaren Schmuckstücken geziert, gleich hinter ihr die Familie eines reichen Bürgers, dort ein Wagen voll fröhlicher Kinder, die ihres Staunens und Jubelns kein Ende finden über die Pracht, die sie umschwebt, hier kommt ein Mann ganz allein in seinem Wagen stehend, und mit vier unvergleichlichen Pferden zum ersten Male paradierend; jetzt sprengen Reiter vorüber, und grüßen in einen Wagen, aus dem die schönsten Antlitze entgegen nicken, dort sitzt ein einsamer alter Mann in seiner schweren Karosse, er ist in feines Schwarz gekleidet, und trägt viele winzig kleine Kreuzlein auf seiner Brust, dann kommt ein Fiaker mit seligen Kaufmannsdienern oder Studenten – dann andere und wieder andere, und vor den Augen tanzt es dir vorüber, als wollte es sich nie erschöpfen, und aus Glanz und Schimmer wieder Glanz und Schimmer quellen, und wie es auch so treibt und wallt und quillt, so siehst du doch dort ein Schauspiel, wie es nur der Prater bieten kann; ganz nahe an der geputzten Menge steht ein Hirsch, das stattliche Geweih zurückhaltend, und mit den dummklugen Augen in das Gewühl glotzend; er hat es wohl oft gesehen, aber so toll nicht wie heute, drum schaut er auch einige Augenblicke und geht dann wieder abseits in seine Auen zurück; auch von den Menschen wundert sich keiner, denn sie wissen es ja, der Prater ist für Hirsche und Spaziergänger. Und dort flutet es, und fort – und wie auch die Pracht der Gewänder, die Schönheit der Pferde und Wagen, das Wallen der Federn, das Blitzen der Geschmeide dein Auge blenden, so taucht doch, und nicht selten geschieht es, in dem Gewimmel oft ein Antlitz auf, das alles vergessen macht, wie es in seiner sanften Schönheit deinem Auge vorüberschwimmt, daß du ihm gerne nachschauest, und es dir öfter ist, als wärest du ärmer, da es vorüber. Warte nur, Wien ist so dürftig nicht an Frauenschönheit, es kommt vielleicht bald wieder ein gleiches, oder gar noch ein schöneres. Sieh, was reißt dort alles die Hüte ab die ganze Linie entlang? Sechs Schimmel ziehen einen schönen Wagen – wer sitzt drinnen? – Der Kaiser und die Kaiserin. Du wunderst dich? hast du dies in Paris nicht gesehen? Hier grüßt man und staunt nicht, daß sie wie Private unter Privaten fahren; man ist es gewohnt, und sie wissen, daß sie im dichtesten Volksgedränge so sicher sind, wie in ihrem Palaste – Schau, auch der Held von Aspern ist da; siehst du, jener schwarze Mann ist es, der mit den andern in der Reitallee geht, und den alle grüßen – und warte nur, gewiß sehen wir auch noch andere aus dem hohen Hause, wie sie das heutige Vergnügen teilen und mitgenießen. Dort fährt er hinab der Sechsspänner, und fügt sich in die heutige Wagenordnung ebenso, wie dieser Fiaker, der eben mit zwei Braunen vorüber keucht.

Doch laß uns nun die Allee hinab gehen, und dann auch seitwärts, um zu sehen, was der Prater noch zu bieten hat, außer dieser sinnbetörenden Flut von Gesichtern, Kleidern und Equipagen. Aber wie wir immer tiefer und tiefer hinab kommen, ist es, als würde es immer ärger; der Knäuel wird dichter und ruhiger. Links am Wege stehen Restaurationshäuser, die sogenannten Praterkaffeehäuser; aus ihnen erschallt Musik; unter den Bäumen stehen viele tausend Sessel, überwuchert mit buntem Menschengestrüppe, – das redet, das lacht, das braust, das klingelt an die Gläser, ruft nach Kellner und Marqueur – und vorüber den Augen auf und ab haspelt sich dasselbe Ziehen und Rollen der glänzenden Wagen, und so weit das Auge schaut, ist es, als nähme die Allee kein Ende.

So wie sich hier die gewähltere Gesellschaft treibt, so treibt sich weiter links das eigentliche Volk, ihm ist aber bloßes Spazierengehen oder Fahren weitaus nicht genug, sondern es verlangt nach reelleren Freuden, und diese nun sind rings und überall ausgebreitet. Trete hier links heraus aus dem Strome der Hauptallee – ein großer Rasenplatz, mit uralten Bäumen besetzt, nimmt uns auf, und auf ihm herumgestreut liegen alle die Anstalten zum Vergnügen des Volkes: da sind alle möglichen Kosmo-Pano-Dioramen; alles, was je berühmt war, steht von Wachs in jener Hütte. Einer läßt sich sehen, weil er zu groß, ein anderer, weil er zu klein ist; einer frißt Feuer, ein anderer speit Seidenbänder, und auf der Brust eines dritten wird wie auf einem Amboß schrecklich gehämmert, und darunter schallt das Klopfen und Klingeln des Wurstls, der in seiner hohen schmalen Bude eben wieder sein neues Spiel beginnt; dort um die Kneipe herum schießt der dichte Salpeter der Trinkgäste an, so fast, daß man meint, die arme Hütte könne sich inmitten der

Leute nicht rühren. Einer oder zwei ragen über die andern empor, und spielen Szenen von einer Bühne herab, die gepriesen und belacht werden, auf der andern Seite des Baumes deklamiert einer, und der Harfenist reißt wütige Töne auf den Saiten, um mit dem Gesange seiner Begleiterin durchzudringen, und dicht neben ihm werden Limonien und Pfeifen ausgespielt, während von etwas ferner die schwachen Töne eines Leierkastens herüberklingen, und mit den Gläsern wird geklopft, und es wird gerufen, und Spaziergänger und Zuschauer winden sich durch das Wirrsal – und wendest du dich ab, so steht dort unter noch größeren Bäumen wieder eine solche

Kneipe, und rechts wieder eine, und weiter ab wieder eine – überall ist dasselbe Bild, oder noch ein lebhafteres: Dort auf mehreren Schaukeln werden ganze Frachten von Menschen geschaukelt, daß die Stricke knarren, und sich die Bäume biegen. Andere werden wie echtes Garn abgehaspelt, und zwei Liebende geraten in Zwiespalt, da sie schon, er aber noch nicht nach Hause gehen will. –

Du befindest dich, fremder Leser, wie hier beschrieben, mitten in dem sogenannten Wurstelprater, der seinen Namen von dem Hanswurst hat, der aber schon längst gestorben ist. War der Glanz und Prunk in der Hauptallee, der sich doch vergleichungsweise ruhig vor deinen Augen entfaltete, schon denselben betäubend, so ist es zwar hier nichts weniger, als auf Glänzen und Prunken abgesehen, aber wenn du dieses Elementes nicht gewohnt bist, oder mächtig werden kannst, so zerrüttet es dir die Vernunft, und ich kannte einen ernsthaften Herrn mit schwachen Nerven, der hielt sich den Kopf, weil er behauptete, er fühle es, wie ihm die Knochen auseinander gehen – aber sieh! das ist echte gesunde Volkslust, die sich das Volk selber gibt, und die ihm wohl bekommt; laß sie drollen und jubeln, und mitunter derb; denn diese da brauchen den Wein der Freude etwas stark und sauer, weil er die ganze folgende dumpfe Arbeitszeit nachhalten muß, die sie zu überstehen haben, bis wieder ein Fest kommt, wie das heutige – darum freut sich auch der Arbeiter wochenlang darauf, und er ließe es nicht aus, er läge denn auf dem Sterbebette – und ich denke, da schon ein guter Teil der Menschen dazu verurteilt ist, namentlich in der Stadt, seine meiste Lebenszeit in dumpfen, engen Werkstätten zuzubringen mit einem dumpfen engen Geiste, so darf man es ihm wohl gönnen, ja man soll ihn dazu ermuntern, daß er auch einmal sein Auge auftue, seine Seele erweitere, und Lust und Freude walten lasse. – Ist dem Krittler diese Lust und Freude nicht zuständig, oder zu roh, so bedaure er lieber, statt zu schelten, daß eben die Lage des Mannes ihm nicht erlaubte, sich in seiner Jugend so heranzubilden, daß ihm höhere Freude munde – Zerstöre ihm nicht die Lust, o Krittler, mit deinem essigsauren ästhetischen Gesichte; geh lieber weg – oder bleib stehen, sie schauen dich ohnehin nicht an. Ein lustiges Volk ist auch ein gutes Volk, und das wissen wir hier am Donaustrande recht wohl, und es freut uns, daß es gerade bei uns so ist, und Arbeit und Lust, und Lust und Arbeit, das mischt sich so bei dem Wiener, daß du nicht weißt, ist das eine oder ist das andere die Hauptsache – es mögen's wohl beide sein – du kennst es ja das lustige Volk der Fajaken, immer ist Sonntag, »es dreht sich immer der Braten am Spieß.«

Weile noch einige Augenblicke hier, – du weißt, Wien ist die Stadt der Musik – daher auch hier Musik genug; türkische, der Leiermann, der Harfenist und Bänkelsänger, schwärmerische Handwerksgesellen mit Guitarren, dort zwei Jungfrauen, die eine Romanze absingen, ewig um eine Quint von einander abstehend, wie zwei parallele Linien – heimkehrende Freundschaftsketten, die den Rinaldo Rinaldini singen – hie und da in den Händen eines Knaben eine Harmonika – und nun kommen auch noch die Zigeuner, seltsame, starre Gesellen, ein Traum aus einer urfrühen Zeit der Weltgeschichte übrig gebliebener Gestalten, unberührt von der Gegenwart; darum wirst du gleich hören, wie sie, und wären sie schon ein Menschenleben lang im Prater gesessen, dennoch unberührt von dem Geist und der Weise unserer Töne ihr altes Klingen anheben, feurig melancholisch, wie ihr Auge, und phantastisch verworren hinschlürfend, wie der Faden ihrer Geschichte durch die andern Schicksale der Welt – und in höher ziehenden

Tönen ihrer Geigen ist ein Klagen und Trotzen, daß es mir immer unheimlich werden will, mich aber dennoch nicht fortläßt – von dieser eigentümlich exotischen Poesie. Dazu, sieh nur einmal den an, der die erste Violine streicht, und den, der das Zymbal schlägt, wie der eine den Bogen führt und zieht, fast graziös, wie ein Virtuose, und wie der andere den Klöppel handhabt, und beide so ernst und fast traurig das Weiß ihrer Augen vordrehen aus den tiefbraunen Gesichtern – und wie es auch lärmt und wogt und musiziert rings herum, so macht sich ihre Musik doch Platz – als ein fremdes Element, und schreit und singt aus der andern heraus, erkennbar auf so weit, als man überhaupt noch Töne vernehmen kann.

Sie werden immer toller und toller, und streichen und streichen, daß die Töne wie Raketenstreifen steigen. – Jetzt ist der Wirrwarr erst vollendet, der Menschen werden immer mehr, auch Equipagen kommen, um zuzuschauen; der Wein beginnt zu wirken; singende Stimmen erheben sich hier und dort, – nur zwei Gäste sind ganz still und freundlich: die liebe Abendsonne, die ihr Licht durch den rötlichen Staub und um alle Menschenantlitze gießt, und die zarten Laubknospen auf den riesenhaften Bäumen, die die laue Lenzluft empfinden, und sich stündlich wohler fühlen und größer werden.

Jean Paul

Das Maiblümchen

Weißes Glöckchen mit dem gelben Klöppel, warum senkst du dich? Ist es Scham, weil du bleich wie Schnee früher die Erde durchbrichst als die großen stolzen Farbenflammen der Tulpen und der Rosen? – Oder senkst

du dein weißes Herz vor dem gewaltigen Himmel, der die neue Erde auf der alten erschafft, oder vor dem stürmenden Mai? Oder willst du gern deinen Tautropfen wie eine Freudenträne vergießen für die junge schöne Erde? – Zartes, weißes Knospenblümlein, hebe dein Herz! Ich will es füllen mit Blicken der Liebe, mit Tränen der Wonne. O Schönste, du erste Liebe des Frühlings, hebe dein Herz!

Matthias Claudius

Neue Erfindung

Hab' eine neue Erfindung gemacht, Andres, und soll Dir hier so warm mitgeteilt werden.

Du weißt, daß in jeder gut eingerichteten Haushaltung kein Festtag ungefeiert gelassen wird, und daß ein Hausvater zulangt, wenn er auf eine gute Art und mit einigem Schein des Rechtes einen neuen an sich bringen kann. So haben wir beide, außer den respektiven Geburts- und Namenstagen schon verschiedene andre Festtage an unsern Höfen eingeführt, als das Knospenfest, den Widderschein, den Maimorgen, den Grünzüngel, wenn die ersten jungen Erbsen und Bohnen gepflückt und zu Tisch gebracht werden sollen, und so weiter.

Nun ist wohl wahr, daß der Sommer und sonderlich das Frühjahr viel schön sind. Gleich wenn der erste Winterschnee auftauet und man den bloßen Leib der Erde wieder sieht, fängt diese Vielschönheit an, und geht mit immer größern Schritten fort, bis Blumen und Blätter aufgeblühet sind und der Mensch vor dem vollen Frühling steht, wie Gleims Kind vor einem schönen Blumenkorb. Und gewiß lehret uns der Frühling Gott und seine Güte sonderlich; denn, wie Freund Fritz sagt, was so zu Herzen geht, muß aus irgendeinem Herzen kommen. Und also sind die Frühlings- und Sommerfesttage gar sehr am rechten Ort, ich habe nichts dawider. Es ist mir aber doch immer schon vorgekommen, daß im Herbst und Winter auch was zu machen wäre, nur habe ich die Sache noch nie recht ins Klare bringen können.

Gestern aber, wie das mit den Erfindungen ist: man findet sie nicht, sondern sie finden uns, gestern als ich im Garten gehe und an nichts weniger denke, schießen mir mit einmal zwei neue Festtage aufs Herz, der Herbstling und der Eiszäpfel, beide gar erfreulich und nützlich zu feiern ...

EMANUEL GEIBEL

Hoffnung

Und dräut der Winter noch so sehr
mit trotzigen Gebärden,
und streut er Eis und Schnee umher,
es muß doch Frühling werden.

Blast nur, ihr Stürme, blast mit Macht,
mir soll darob nicht bangen,
auf leisen Sohlen über Nacht
kommt doch der Lenz gegangen.

Drum still! Und wie es frieren mag,
o Herz, gib dich zufrieden,
es ist ein großer Maientag
der ganzen Welt beschieden.

Und wenn dir oft auch bangt und graut
als sei die Höll' auf Erden,
nur unverzagt auf Gott vertraut!
Es muß doch Frühling werden.

Quellenverzeichnis

Abraham a Sancta Clara (eig. Johann Ulrich Megerle), Blumenkinder. Aus: R. P. Abraham a Sancta Clara, Huy! und Pfuy! Der Welt oder Anfrischung zu allen schönen Tugenden: Pfuy oder Abschreckung von allen schändlichen Lastern: Durch unterschiedliche sittliche Concept/ Historien und Fabeln vorgestellt. Worinnen der Poet/ Prediger/ und waserley Standes-Personen für ihren Kram etwas finden können... Mit Kupfern geziert und verlegt durch Christoph Weigel/ Kupferstechern und Kunsthändlern in Nürnberg/ gedruckt bey Martin Frantz Hertzen 1707. – S. 57.

Zweierlei Lust. Ebd. – S. 38.

Antlaßbräuche. Nach: Bayerische Sagen und Bräuche. Beitrag zur deutschen Mythologie, hrsg. von Friedrich Panzer, 2. Bd., München 1855 und nach: Montanus, Die deutschen Volksfeste, Volksbräuche und deutscher Volksglaube in Sagen, Märlein und Volksliedern, Iserlohn 1858 und nach: Alfons Teuber, Schlesisches Jugendbuch, Ein Schatzkästlein angefüllt mit Kostbarkeiten aus der alten Heimat, München o.J. – S. 103.

Bettine von Arnim, Clemens Brentano, Märzbriefe. Aus: Clemens Brentanos Frühlingskranz. In: B. v. Arnim, Werke und Briefe, Erster Band, hrsg. von Gustav Konrad, Köln 1959.- S. 15.

Auf Frühlingssuche. (Die Mistelgauer »Hummeln«) Aus: Bayerische Sagen und Bräuche, Band 2, s.o. – S. 19.

Ernst Barlach, Die Erde duftet nach Sonnenträumen. Aus: E. B., Prosa aus vier Jahrzehnten, Frühe Dichtungen. Fragmente aus Paris und Friedrichsroda 1895–1897. Union Verlag Berlin o.J. – S. 12.

Clemens Brentano, Am Sophientag. Aus: Werke, Bd. 1. Carl Hanser Verlag, München 1968. – S. 150.

Barthold Hinrich Brockes, Jetzt zur holden Frühlingszeit. Aus: Irdisches Vergnügen in Gott (...), Hamburg 1738. – S. 51.

Das umgegrabne Garten-Land. Ebd. – S. 75.

Wilhelm Busch, Frühlingsball der Tiere. (Fuchs und Gans) Aus: W. B., Summa Summarum. Mit einem Aufsatz von Friedrich Möbius und einer Biographie von Wolfgang Teichmann, Berlin o.J. – S. 144.

Georg Büchner, Veilchenstrauß und Revolution, Frühjahr, Gießen 1833. Aus: G. B. Sämtliche Werke, Frankfurt a. Main 1879. – S. 41.

Adelbert von Chamisso, Im hohen Norden. Aus: Chamissos Werke, hrsg. von Dr. Hermann Tardel. Bd. 3. Leipzig und Wien. – S. 68.

Matthias Claudius, Neue Erfindung. Aus: M. C., Werke des Wandsbecker

Boten, Zweiter Band, hrsg. und erläutert von Günther Albrecht, Schwerin 1958. – S. 161.

Max(imilian) Dauthendey, Anemonen auf dem Peloponnes. Aus: Die festliche Weltreise des Dichters Dauthendey. Copyright 1935 by Langen-Müller, München. – S. 59.

Zaungäste. (Vorfrühling) Ebd. – S. 26.

Annette Freiin von Droste-Hülshoff, Fräulein Anna und der Dichter. Aus: A. v. Droste-Hülshoff, Werke, Bei uns zu Lande auf dem Lande, Fragment (1841), Drittes Kapitel. Stuttgart, o.J. – S. 36.

Joseph von Eichendorff, Frühlingsnacht. Aus: Werke in einem Band, München 1977. – S. 35.

»Einem einen Maien stecken«, nach: Alexander Schöppner. Aus: Sagenbuch der Bayerischen Lande, 2. Bd. Aus dem Munde des Volkes, der Chronik und der Dichter, München 1853. Und nach: Montanus, aus: Die Deutschen Volksfeste, Volksbräuche und Volksglaube in Sagen, Märlein und Volksliedern, Iserlohn 1858. – S. 140.

Das Eschenreis. Aus: Deutsche Alpensagen. Gesammelt und herausgegeben von Johann Nepomuk Ritter von Alpenburg, Wien 1861. – S. 71.

Die Eselsbeichte. Aus: Gerhard von Minden. Fabeln (2. Hälfte 14. Jh.), hrsg. von W. Seelmann, Bremen 1878. – S. 92.

Theodor Fontane, In Tangermünde. Aus: Th. F., Sämtliche Werke. Grete Minde, hrsg. von Edgar Gross, München 1959. – S. 139.

Johann Georg Adam Forster, Ansichten vom Rheingau. Aus: J. G. A. Forsters Werke, Berlin 1958. Ansichten vom Niederrhein, Band 9. – S. 63.

Gustav Freytag, Maienfreude. Aus: G. F., Bilder aus der deutschen Vergangenheit. Vollständige Ausgabe, Leipzig, Schlüter 1927. – S. 148.

Geistreiche Fastenbeichte. Aus: Jörg Wickram, Das Rollwagenbüchlin, Schwänke 1555 (n. H. Kurz 1865, Faks. 1968). – S. 95.

Feste im Wonnemonat. Nach: Hans Boesch, Kinderleben in der deutschen Vergangenheit, Monographien zur deutschen Kulturgeschichte, hrsg. von Georg Steinhausen, verlegt bei Eugen Diederichs in Leipzig 1900. Und nach: Alexander Schöppner, Sagenbuch der Bayerischen Lande s.o. – S. 146.

Feuerzauber in der Osterzeit. Nach: Friedrich Panzer. Aus: Bayerische Sagen und Bräuche Bd. 2, s.o.. – S. 108.

Franz Freiherr von Gaudy, Italienische Askese. Aus: Franz Freiherr von Gaudy's sämmtliche Werke, hrsg. von Arthur Müller, 5. Band, Berlin 1844. – S. 96.

Emanuel Geibel, Hoffnung. Aus: E. G., Gedichte, Cotta'sche Buchhandlung, Stuttgart 1962. – S. 162.

Hortense Geigenberger, An den Osterhasen. Aus: Jugendblätter, Gegr. 1854 von Isabella Braun, 60. Bd., München o.J. – S. 116.

Johann Wolfgang von Goethe, Maifest. Aus: J.W. v. Goethe, Sämtliche Werke, Bd. 1, Artemis Gedenkausgabe, München 1977. – S. 137.

Sizilianische Ostern. Aus: Italienische Reise, April 1787. In: J. W. v. Goethe, Werke, Hamburger Ausgabe in 14 Bänden, hrsg. von E. Trunz, 1948–60. – S. 128.

Der Wundergarten. Aus: Ebd. – S. 76.

Wunderbare Heiterkeit. Aus: J. W. v. Goethe, Die Leiden des jungen Werther. Ebd. – S. 50.

Jeremias Gotthelf (eig. Albert Bitzius), Die Ostereier des Güterbuben. In: Der Güterbub als Kindemeitschi. 8. Kap. Aus: J. G. Sämtliche Werke in 24 Bänden, 1. Bd., Der Bauern-Spiegel oder Lebensgeschichte des J.G., Erlenbach Zürich 1921. – S. 117.

Klaus Granzow, Stiep, Stiep, Osterei. Aus: Typisch Pommern. © Flechsig Buchvertrieb in der Verlagshaus Würzburg GmbH & Co. KG.

Friedrich Heinrich von der Hagen, Eine vorösterliche Enthüllung. Aus: Gesammtabenteuer. Hundert altdeutsche Erzählungen: Ritter- und Pfaffen-Mären, Stadt- und Dorfgeschichten, Schwänke, Wundersagen und Legenden. Hrsg. von Friedrich Heinrich von der Hagen, Stuttgart 1850. – S. 91.

Heinrich Heine, Der Mai ist gekommen. Aus: Heinrich Heines sämtliche Werke in zwölf Bänden, Fünfter Band, Reisebilder I. Die Harzreise, J. G. Cotta'sche Buchhandlung Nachf., Stuttgart o.J. – S. 135.

Frühlingsgefühle unter den Linden. Aus: Ebd. Die Bäder von Lucca, 4. Kap. – S. 39.

Leise zieht durch mein Gemüt. Aus: H. H., Sämtliche Schriften, Bd. 1, Carl Hanser Verlag, München 1975. – S. 58.

Hermann Hesse, Betrachtungen. Aus: Gesammelte Werke, Band 10: Betrachtungen © 1987 Suhrkamp Verlag, Frankfurt a. M.

Friedrich Hölderlin, Frühlingstrunken in Smyrna. (Hyperion) Aus: F. H., Sämtliche Werke, Dritter Band, W. Kohlhamer V. J. G., Cotta'sche Buchhandlung Nachf., Stuttgart 1957. – S. 53.

Die Karfreitagtänzerin. Aus: Deutsche Alpensagen, s. o. – S. 106.

Wilhelm von Kügelgen, ...wer konnte da studieren! Aus: Jugenderinnerungen eines alten Mannes. Die Nachlese. Köhler und Amelang, Leipzig 1956. – S. 33.

Heinrich Lautensack, Knödellose Tage. Aus: H. L.; Altbayrische Bilderbogen. Prosadichtungen, mit zehn Original-Holzschnitten und zehn Zeichnungen von Max Unhold, Berlin 1920. – S. 100.

»Palm-Esel«. Aus: Ebd. – S. 84.

Hermann Löns, Die Tage der tausend Wunder. Aus: H. L., Sämtliche Werke in acht Bänden, hrsg. von Friedrich Castelle, Leipzig 1924. – S. 20.

Martin Luther, Die Reliquie von der Eselin, auf welcher Christus am Palmtage geritten. Aus: M. L., Colloquia, oder christliche, nützliche Tischreden (...), hrsg. von Johannes Aurifaber, Jena 1603, Kapitel 33. – S. 82.

Martinus Montanus von Straßburg, Der einfältige Pfaffe. Aus: M. M. v. Straßburg, Wegkürtzer, Anno 1557. – S. 126.

Eduard Mörike, Er ist's. Aus: E. M., Sämtliche Werke, Winkler Verlag, München 1967. – S. 78.

Ostern macht frei. Aus: Alte Handwerkerschwänke, hrsg. von Hermann Gumbel, verlegt bei Eugen Diederichs in Jena 1928. – S. 129.

Osterbräuche. Nach: Hans Boesch, Monographien zur deutschen Kulturgeschichte s. o. Und nach: Alfons Teuber. Aus: Schlesisches Jugendbuch. Ein Schatzkästlein angefüllt mit Kostbarkeiten aus der alten Heimat von A. T., München, o. J. – S. 120.

Osterflecke. (Von einem Weibe) Aus: Heinrich Bebels Schwänke. Zum ersten Male in vollständiger Übertragung hrsg. von Albert Wesselski, 2. Bd. München und Leipzig 1907 und aus: Regensburger Kochbuch, hrsg. von Marie Schandri, Regensburg 1915. – S. 107.

Palmsonntagsbräuche. Aus: Monographien zur deutschen Kulturgeschichte, s.o. – S. 82.

Jean Paul (eig. Johann Paul Friedrich Richter), Frühlingsgedanken. Aus: J. P., Weltgedanken und Gedankenwelt, aus seinen Werken ausgewählt und aufgebaut von Richard Benz. Erstes Buch, Mensch und Erde, Stuttgart 1938. – S. 74.

Das Maiblümchen. Aus: Jean Paul, Werke, Zweiter Band. Flegeljahre, München 1959. – S. 160.

Traumland. Aus: Palingenesien I. In: Jean Paul's Werke, Berlin 1821. – S. 130.

Wenn nun der Frühling seine Boten... Aus: J. P., Weltgedanken und Gedankenwelt s.o. – S. 11.

Wilhelm Raabe, April. Aus: W. R., Sämtliche Werke, Göttingen 1965, 1. Bd. Die Chronik der Sperlingsgasse, Ein Frühling, Strobiliana – S. 72.

Maiabend. Aus: Ebd. – S. 143.

Ludwig Richter, Skizzen aus Südfrankreich. Aus: Lebenserinnerungen eines deutschen Malers von Ludwig Richter. Mit vielen Holzschnitten, o.J. – S. 62.

Rainer (René) Maria Rilke, »Endlich Frühling«. Aus: R. M. R., Briefe, 1. Bd. 1897 bis 1914, Wiesbaden 1950. – S. 26.

Ostergrüße. An Karl von der Heydt, 7. April 1906 und An Ruth Rilke, 12. April 1906. Aus: R. M. R., Briefe, ebd. – S. 113.

Paris im Mai. An Clara Rilke, 13. Mai 1906. Aus: R. M. R., Briefe, Erster Band 1897–1914, Wiesbaden 1950. – S. 151.

Ferdinand von Saar, Frühling an der Moldau. (Innocens) Aus: F. v. S., Das erzählerische Werk, Wien 1959. – S. 66.

Christoph von Schmid, Bunte Nester. Aus: C. v. S., Erzählungen für die Jugend, Band 2, Ostereier, München 1947. – S. 122.

»Sommergewinn«. Nach: Monographien zur deutschen Kulturgeschichte, s.o. Und nach: Alfons Teuber, Schlesisches Jugendbuch. s.o. – S. 69.

Adalbert Stifter, Frühlingserwachen. Aus: A. S., Gesammelte Werke in 14 Bänden, hrsg. von Konrad Steffen, Dritter Band, Basel und Stuttgart 1963, Studien III. Der Hagestolz 1844. – S. 42.

Wiener Lustbarkeiten. (Der Prater) Aus: A. S., Wien und die Wiener, Pesth 1844. – S. 152.

Ludwig Uhland, Frühlingsglaube. Aus: L. U., Werke, Bd. 1. Winkler Verlag, München 1980. – S. 12.

Johann Peter Uz, Auf dem Lande. Aus: Sämmtliche Poetische Werke, Band 2, Reutlingen 1786. – S. 30.

Trotz aller Bemühungen konnten nicht alle Rechteinhaber erreicht bzw. ermittelt werden. Der Verlag verpflichtet sich, rechtmäßige Ansprüche jederzeit in angemessener Form abzugelten.

Bildnachweis

Abraham a Sancta Clara, Huy! und Pfuy! (...) Mit Kupfern geziert und verlegt durch Christoph Weigel. Nürnberg 1707. – S. 27, 57.

Ferdinand Avenarius, Das fröhliche Buch. Mit Zeichnungen deutscher Meister, München 1929. Holzschnitt von Adolf Menzel: Gänseweide. – S. 14.

Hans Boesch, Kinderleben in der deutschen Vergangenheit. Mit Abbildungen nach den Originalen aus dem 15. bis 18. Jahrhundert. Leipzig 1900. Kupferstich 18. Jh. Nürnberg: Das Urbanreiten in Nürnberg. – S. 148.

Wilhelm Busch, Hernach. Gedichte 1908. – S. 115.

Der deutsche Spielmann. Hrsg. von Ernst Weber. Mit Bildern von deutschen Künstlern. München 1910. Deutsche Natur. – S. 21, 130, 161. Deutsches Jahr. – S. 16, 47, 132.

Jugendblätter 60. Bd. Gegründet 1854 von Isabella Braun. München o.J. – S. 116.

Jungbrunnen. Das festliche Jahr. Mit Bildern von Franz Strassen. Berlin o.J. – S. 68.

Karl Arnold Kortum, Die Jobsiade. (Wie Hieronimus ein Autor ward...) 1799. Mit Illustrationen von Johann Peter Hasenclever 1840 ff. – S. 103.

Georg Christoph Lichtenberg, Handlungen des Lebens. Mit Monatskupfern von Daniel Chodowiecki. Stuttgart 1971. Der Fechtmeister – S. 40. Empfindung – Sentiment – S. 37.

Leben in der Gotik. Zeugnisse von den Daseinskräften eines Stiles in Texten und Bildern von Heinz Thiele. München 1946. Holzschnitt aus der Historie Leopolds und Wilhelms von Österreich, Augsburg 1481: Ballspiel vor der Stadt. – S. 149.

Ludwig Richter, Lebenserinnerungen eines deutschen Malers von L. R. Mit vielen Holzschnitten. München o.J. – S. 50, 83, 106, 110, 127, 145.

Ders., Das Ludwig Richter Hausbuch. Eine Auswahl seiner Holzschnitte. München 1981. – S. 3, 11, 19, 31, 58, 64, 72, 78, 101, 123, 135, 142, 157, 163.

Schwänke und Streiche. Schelmen- und Narrengeschichten des 13. bis 19. Jahrhunderts. Bayreuth 1981. – S. 95.

Alfons Teuber, Schlesisches Jugendbuch. Ein Schatzkästlein angefüllt mit Kostbarkeiten aus der alten Heimat. Bildschmuck von Günter Knuhr. München o.J. – S. 71.

Klassische Anthologien in dtv-Originalausgaben

Deutsche Lyrik vom Barock bis zur Gegenwart
Hg. v. Gerhard Hay und Sibylle von Steinsdorff
ISBN 3-423-12397-4

Sommerfrische
Ein literarisches Lesebuch
Hg. v. Jörg Plath
ISBN 3-423-12647-7

MeerGeschichten
Ein literarisches Lesebuch
Hg. v. Günter Stolzenberger
ISBN 3-423-12729-5

WasserGeschichten
Ein literarisches Lesebuch
Hg. v. Günter Stolzenberger
ISBN 3-423-12792-9

DoppelgängerGeschichten
14 Geschichten von der Romantik bis zur Gegenwart
Hg. v. Walter Rösler
ISBN 3-423-12953-0

Melancholie oder Vom Glück, unglücklich zu sein
Ein Lesebuch
Hg. v. Peter Sillem
ISBN 3-423-13012-1

Die Kunst des Wanderns
Ein literarisches Lesebuch
Hg. v. Alexander Knecht und Günter Stolzenberger
ISBN 3-423-20030-8

Vom Glück des Reisens
zu Lande, zu Wasser und in der Luft
Hg. v. Ulf Diederichs
Illustr. v. Lucia Obi
ISBN 3-423-20528-8

Italienische Volksmärchen
Hg. v. Felix Karlinger
ISBN 3-423-20804-X

Reiseland Italien

»Überhaupt ist mit dem neuen Leben, das einem nachdenkenden Menschen die Betrachtung eines neuen Landes gewährt, nichts zu vergleichen.«
Johann Wolfgang Goethe

Johann Gottfried Seume
Spaziergang nach Syrakus im Jahre 1802
Hg. v. Albert Meier
Mit zwei Karten v. K.-F. Schäfer
Originalausgabe
ISBN 3-423-12378-8

Johann Wolfgang Goethe
Italienische Reise
Hamburger Ausgabe
Hg. v. Herbert von Einem
Mit 40 Illustrationen nach zeitgenössischen Vorlagen
ISBN 3-423-12402-4

Johann Caspar Goethe
Reise durch Italien im Jahre 1740
(Viaggio per l'Italia)
Übers. v. Albert Meier unter Mitarbeit v. Heide Hollmer
Illustr. v. Elmar Hillebrand
ISBN 3-423-12680-9

August von Goethe
Auf einer Reise nach Süden Tagebuch 1830
Hg. v. Andreas Beyer und Gabriele Radecke
Vollständige Ausgabe
ISBN 3-423-13067-9

Johann Gottfried Herder
Italienische Reise
Briefe und Tagebuchaufzeichnungen 1788–1789
Hg. und mit einem Nachwort v. A. Meier und H. Hollmer
Illustr. v. Friedrich Rehberg
ISBN 3-423-13136-5

Italienische Volksmärchen
Hg. v. Felix Karlinger
ISBN 3-423-20804-X

Italien. Reise-Lesebuch
Hg. und mit einem Nachwort v. Stefan Janson
Originalausgabe
ISBN 3-423-20805-8

Klassiker der deutschsprachigen Literatur im dtv

Georg Büchner
Werke und Briefe
Neuausgabe
Hg. v. Karl Pörnbacher u.a.
ISBN 3-423-12374-5

Annette von Droste-Hülshoff
Darf nur heimlich lösen mein Haar
Ein Lesebuch
Hg. v. Dieter Borchmeyer
ISBN 3-423-13061-X

H. J. Chr. von Grimmelshausen
Der Abenteuerliche Simplicissimus Teutsch
Hg. v. Alfred Kelletat
ISBN 3-423-12379-6

Heinrich Heine
Und grüß mich nicht unter den Linden
Heine-Gedichte
Hg. v. Elke Schmitter
ISBN 3-423-13088-1

Johann Gottfried Herder
Italienische Reise
Briefe und Tagebuchaufzeichnungen 1788–1789
Hg. v. A. Meier und H. Hollmer
Illustr. v. Friedrich Rehberg
ISBN 3-423-13136-5

E. T. A. Hoffmann
Die Elixiere des Teufels
Roman
Mit einem Nachwort von Gerhard Hay
ISBN 3-423-12377-X

Heinrich von Kleist
Sämtliche Werke und Briefe
Zweibändige Ausgabe in einem Band
Hg. v. Helmut Sembdner
ISBN 3-423-12919-0

Sämtliche Erzählungen und Anekdoten
Hg. v. Helmut Sembdner
ISBN 3-423-12493-8

Heinrich von Kleists Lebensspuren
Hg. v. Helmut Sembdner
ISBN 3-423-02391-0

Heinrich von Kleists Nachruhm
Hg. v. Helmut Sembdner
ISBN 3-423-02414-3

Gotthold Ephraim Lessing
Werke in drei Bänden
Hg. v. Herbert G. Göpfert
ISBN 3-423-59059-9

Klassiker der deutschsprachigen Literatur im dtv

Philipp Melanchthon
Der Lehrer Deutschlands
Hg. v. Hans-Rüdiger Schwab
ISBN 3-423-**02415**-1

August von Platen
»Wer die Schönheit angeschaut mit Augen ...«
Ein Lesebuch
Hg. v. Rüdiger Görner
ISBN 3-423-**02395**-3

Friedrich Schiller
Sämtliche Werke in 5 Bänden
Hg. v. Peter-André Alt, Albert Meier und Wolfgang Riedel
5 Bände in Kassette
ISBN 3-423-**59068**-8

Johann Gottfried Seume
Spaziergang nach Syrakus
Hg. v. Albert Meier
Illustr. v. Karl-Friedrich Schäfer
ISBN 3-423-**12378**-8

Adalbert Stifter
Der Nachsommer
Roman
Mit einem Nachwort von Uwe Japp
ISBN 3-423-**12907**-7

Witiko
Roman
Mit einem Nachwort von Fritz Krökel
ISBN 3-423-**13371**-6

Sämtliche Erzählungen nach den Erstdrucken
Hg. v. Wolfgang Matz
ISBN 3-423-**13369**-4

Georg Trakl
Das dichterische Werk
Hg. v. Walther Killy und Hans Szklenar
ISBN 3-423-**12496**-2